KB020500

DREAMBOOKS★

DREAMBOOKS★

DREAMBOOKS★

환생왕

ORIENTAL FANTASY STORY & ADVENTURE

요도 김남재 신무협 장편소설

★
dream
books
드림북스

환생왕 14

초판 1쇄 인쇄 2021년 6월 22일
초판 1쇄 발행 2021년 7월 6일

지은이 요도 김남재
발행인 오영배
편집 편집부
일러스트 나래
표지 · 본문 디자인 오정인
제작 조하늬

펴낸 곳 (주)삼양출판사 · 드림북스
주소 서울시 강북구 도봉로 173
대표 전화 02-980-2112 **팩스** 02-983-0660
편집부 전화 02-987-9393 **팩스** 02-980-2115
블로그 blog.naver.com/dreambookss
출판등록 1999년 3월 11일 제9-00046호.

© 요도 김남재, 2021

ISBN 979-11-283-9767-7 (04810) / 979-11-283-9753-0 (세트)

+ (주)삼양출판사 · 드림북스의 서면 허락 없이는 어떠한 형태나 수단으로도 이 책의 내용을 이용하지 못합니다.
+ 지은이와 협의하에 인지는 생략합니다. 잘못된 책은 구입한 곳에서 바꾸어 드립니다.
+ 이 도서의 국립중앙도서관 출판시도서목록(CIP)은 서지정보유통지원시스템홈페이지(http://seoji.nl.go.kr)와
  국가자료종합목록 구축시스템(http://kolis-net.nl.go.kr)에서 이용하실 수 있습니다.

드림북스는 (주)삼양출판사의 판타지 · 무협 문학 브랜드입니다.

목차

1장. 각자의 길
— 부탁한다

　천무진은 백아린, 한천과 함께 마교를 떠났다.

　마교를 떠나기 전 천무진은 이곳에서 매듭지어야 할 일들을 간단히 끝냈다. 가장 중요한 건 역시나 의선과의 일이었다.

　천무진이 천지광의 조종 아래에서 벗어나기 위해서는 몸 안에 있는 자모충의 존재를 없애야만 했는데, 그 일에 도움을 줄 수 있는 것이 바로 의선이었기 때문이다.

　그다음으로 만난 건 마교의 소교주 악준기였다.

　그에겐 크게 뭔가를 부탁하지는 않았다.

　이미 십천야의 편으로 돌아섰고, 의지와는 달리 천지광

을 거역할 수 없는 천무진으로서는 십천야를 방해할 만한 일을 벌일 수 없었으니까.

그랬기에 악준기에게는 마교를 잘 부탁한다는 말과 함께 조만간 연락을 주겠다는 정도로 대화를 매듭지었다.

그는 이것저것 궁금한 눈치였지만 상대가 천무진이었기에 우선은 그저 믿고 사태가 흘러가는 걸 지켜보려는 듯싶었다.

그렇게 마교에서의 남은 일을 매듭지은 천무진과 일행들은 마차를 탄 채로 호남성 형동이 있는 북쪽으로 움직였다.

호남성은 마교가 자리한 광동성과 붙어 있는 곳이긴 했지만 그래도 거리가 제법 되었다. 마차를 타고 쉼 없이 달려도 열흘 이상은 걸릴 정도였다.

천무진 일행은 아무런 방해도 없이 계속 움직여 마침내 목적지인 형동에 도착할 수 있었다.

형동에 도착한 그들은 곧장 외곽에 위치한 도명객잔이라는 곳으로 움직였다. 마교에서 출발하기 직전 십천야로부터 형동에 있는 도명객잔으로 오라는 지시를 전달받았기 때문이다.

그랬기에 세 사람은 일말의 망설임도 없이 그곳으로 움직이고 있었다.

그렇게 도명객잔의 인근에 도착했을 무렵.

말 위에서 주변을 둘러보던 한천이 짧게 탄성을 토해 냈다.

"햐, 경관 참 좋네요."

오는 내내 보아 왔던 아름다운 산들과 여러 갈래로 뻗어져 있는 강들까지.

호남성은 무척이나 아름다운 곳이다. 이곳에서 뻗어져 나가는 물줄기들은 대륙을 가로지르는 양자강으로 향하고 있었다.

거기다가 북쪽으로 더 올라가면 중원에서 가장 큰 담수호인 동정호(洞庭湖)가 자리한 곳이 바로 이곳 호남성이다.

곳곳에 위치한 기이한 모양의 봉우리들과 마치 그림에서나 볼 법한 아름다운 산세까지.

하지만 아쉽게도 그런 아름다운 풍경을 즐길 여유는 그리 많지 않았다. 천무진 일행은 이곳에서 십천야 쪽의 사람들을 만나야 했고, 그때부터는 목숨을 건 위험한 싸움이 시작될 테니까.

굳이 언급하지 않았을 뿐, 세 사람 모두 지금의 상황이 어떠한지 잘 알고 있었다.

그럼에도 불구하고 세 사람의 표정은 하나같이 평온했다.

말을 타고 나란히 나아가던 한천이 다시금 입을 열었다.

"이런 경치 좋은 곳에서는 역시 술을 한잔해 줘야 하는데 말이죠."

"그러게. 아쉬워서 어쩐대. 매일 같이 함께해 주던 술친구가 없어져서."

"뭐 어쩌겠습니까. 성공해서 돌아오겠다는데."

백아린과 단엽의 이야기를 주고받으며 한천이 어깨를 으쓱했다.

사실 예전엔 혼자라도 별로 상관없었다.

하지만 단엽과 술을 먹는 버릇이 들어서일까?

요즘 들어 이상할 정도로 혼자 하는 술자리가 즐겁지 않았다. 그래서 한천은 말만 안 할 뿐이지 매일 목이 빠져라 단엽이 돌아오기를 기다리고 있었다.

단엽만큼 한천을 즐겁게 해 주는 술친구는 없었으니까.

그렇게 아쉬움을 달래며 움직이던 한천의 눈에 목적지인 도명객잔이 보였다.

이곳에 도착하기까지 열흘이 넘는 시간 동안 제대로 된 숙소에서 잠을 청한 것이 손에 꼽을 정도였다. 그렇게 무리한 일정이었던 만큼 오늘은 객잔에서 쉴 수 있다는 사실이 한천은 무척이나 마음에 들었다.

싱글벙글 웃고 있는 한천을 필두로 세 사람이 객잔 안으로 들어섰다.

내부는 이미 먼저 자리한 사람들로 북적거렸다. 아직 해가 지지는 않았지만 저녁 식사 시간에 가까운 탓에 손님들로 가득했던 것이다.

제법 많은 숫자의 사람들을 보며 한천이 곤란한 듯 뒷머리를 긁적였다.

마교를 떠난 지금 천무진 일행 쪽에서 십천야에게 연락을 넣을 방도는 전무한 상황이다. 십천야 쪽에서는 이 객잔에 있으면 알아서 찾아오겠다고 말했다.

그런데 일 층은 이미 사람들로 가득했고, 이 정도면 객잔의 방 또한 남아 있지 않을 것 같았다.

그 순간 주인장으로 보이는 백발이 성성한 노인 한 명이 그들에게 다가왔다.

"어서 오시지요. 식사하시려고 오셨습니까?"

물어 오는 그를 향해 한천이 답했다.

"식사도 하고 여기서 며칠 묵으려고 하는데요. 방 남은 게 있습니까?"

"몇 개나 필요하신지요?"

"세 개가 있으면 좋을 것 같은데요. 정 없으면 두 개라도 괜찮고요."

한천의 대답이 떨어지자 주인장이 얼굴을 밝히며 말했다.

"어이쿠, 운이 좋으십니다. 방이 딱 세 개 남아 있었거든
요."

"호오, 그래요? 사람이 많아서 빈방이 없을 줄 알았는
데……."

"식사만 하시는 분들이 많은 편인데, 아무래도 모르시는
분들은 자리에 앉은 손님들만 보고 그렇게 생각하시는 경
우가 좀 있습니다. 그럼 우선 위로 모시지요."

말과 함께 객잔의 주인장은 세 사람을 대동한 채 위층으
로 올라섰다.

그렇게 위층으로 올라가던 도중.

천무진이 갑자기 걸음을 멈췄다.

앞장서서 나아가던 객잔 주인이 의아한 얼굴로 물었다.

"무슨 일이십니까?"

그의 질문에 천무진이 짧게 답했다.

"별거 아닙니다. 안내해 주시죠."

"예, 그럼."

잠시 멈칫했던 객잔 주인은 다시금 앞장서서 걸어 나갔
고, 이내 세 사람은 위층 안쪽에 위치한 방으로 안내를 받
을 수 있었다.

그렇게 간단하게 짐을 내려놓은 세 사람은 곧장 객잔의
일 층으로 내려갔다.

사람들이 와글거리는 객잔 일 층은 무척이나 소란스러웠다.

시끄러운 사람들 사이에 섞인 채로 천무진 일행은 한쪽에 비어 있는 자리로 가서 앉았다.

그러고는 이내 기다렸다는 듯 다가오는 점소이에게 몇 가지 음식들을 시켰다.

대부분이 간단한 것들이었기에 음식이 나오는 데에는 그리 긴 시간이 걸리지 않았다.

그렇게 마주 앉은 채로 세 사람은 식사를 시작했다.

나온 음식들을 먹으며 배를 채우던 도중 한천이 결국 참지 못하겠는지 젓가락으로 음식을 휘저으며 중얼거렸다.

"이거 참, 밥이 입으로 들어가는지, 코로 들어가는지 모르겠습니다."

갑작스러운 한천의 뜻 모를 한마디.

그러자 백아린이 곧바로 말을 받았다.

"그렇게 말하기에는 너무 잘 먹고 있지 않았어?"

"하하, 최대한 맛있게 먹어 줘야 연기하는 사람들도 기분이 좀 날 거 아닙니까. 그래서 일부러 맛있게 먹는 척해 준 거죠, 뭐."

한천의 목소리는 그리 크지 않았다.

그렇지만 그 말이 떨어지는 순간 객잔 내부의 분위기가

묘하게 변했다.

그걸 느끼며 한천이 젓가락을 소리 나게 내려놓았다.

탁.

방금 전까지 음식을 먹기 위해 분주히 움직이던 손을 멈춘 한천이 접시 위에 올려져 있는 커다란 만두 하나를 움켜쥐었다.

그러고는 그걸 한 입 베어 문 채로 주변을 스윽 둘러보며 말을 이었다.

"이 정도면 적당히 장단에 맞춰 놀아 준 거 같은데……언제까지 모르는 척 이래 줘야 됩니까?"

한천의 그 말이 끝나는 순간이었다.

시끄럽던 객잔이 놀라울 정도로 조용해졌다.

객잔 일 층을 가득 채운 채로 떠들어 대던 오십 명이 훌쩍 넘는 인원들. 그들의 얼굴에서 일시에 표정이 사라졌고, 조금 전까지 시끄러웠던 것이 마치 꿈이었던 것처럼 숨소리조차 들리지 않았다.

수많은 인원들이 있음에도 불구하고 침묵에 휩싸여 있는 객잔 내부는 숨이 막힐 정도로 답답했다.

그때 주방에서 객잔 주인 행세를 하던 노인이 걸어 나왔다.

그가 입을 열었다.

"허허, 알아차리고 계셨을 줄이야."

놀란 듯 말하는 상대를 향해 천무진이 아까와는 달라진 싸늘한 말투로 퉁명스레 말했다.

"속이려면 제대로 해야지. 이렇게 허술한데 모르는 게 더 이상한 거 아닌가?"

사실 처음 객잔에 들어섰을 때부터 뭔가 이상하다는 건 느꼈다.

곳곳에서 나누고 있는 다양한 대화들.

그리고 그 안에 뒤섞인 여러 감정들까지. 결코 연기로 보기 어려운 상황들이었지만 그 안에서 나누는 대화들을 집중해 듣는다면 다소 이상함을 느낄 수밖에 없었다.

물론 스무 개에 가까운 탁자와 그곳에 앉은 손님들이 떠드는 모든 대화를 귀와 머리에 담을 수 있을 정도의 능력을 가진 이들에 한한 이야기겠지만 말이다.

그리고 방이 마치 준비된 것처럼 딱 세 개만 남아 있는 상황도 어찌 보면 별거 아니었지만 십천야와 관련된 장소인 이곳에서 벌어졌기에 의심이 들었다.

거기다가 위층으로 올라섰을 때 느꼈던 미심쩍음까지.

그 모든 것이 하나가 되자 굳이 이야기를 나누지 않았음에도 불구하고 세 사람은 이곳에 있는 그 모두가 준비된 것들이라는 사실을 눈치챘다.

노인이 물었다.

"어떻게 아셨습니까?"

"나누는 대화들이 전혀 연관성이 없잖아. 거기다가 탁자마다 정해진 규칙이 있나 보네. 한쪽은 웃고, 또 누구는 심각하고. 한 사람이 계속 같은 감정만 가지는 것도 웃기는 일 아닌가."

말을 마친 천무진이 자리에서 천천히 일어났다.

그가 주변을 스윽 둘러보다가 이내 손가락으로 위쪽을 가리키며 말을 이었다.

"위층만 해도 그래. 아무리 식사 시간이라도 그렇지 한 사람도 방에 없는 게 말이 돼?"

"……그런 것까지는 생각하지 못했군요."

"됐고, 이게 무슨 짓이지? 너희는 또 누구고."

이곳은 십천야 쪽에서 정해 준 장소.

이들의 정체가 십천야와 관련되었을 거라고는 예상하고 있었지만, 그럼에도 천무진은 확인차 물었다.

바로 그때였다.

"어이, 천무진. 내가 한 음식은 좀 어땠어?"

들려오는 익숙한 목소리, 그리고 동시에 주방 안쪽에서 한 명의 사내가 걸어 나오고 있었다.

십천야의 일원.

반조였다.

그가 웃는 얼굴로 세 사람을 바라보며 입을 열었다.

"생각해 보니 구면인 사람이 한 명 더 있네."

반조의 시선은 어느새 백아린에게 향해 있었다. 그리고 백아린 또한 반조의 얼굴을 보며 반년 전쯤 있었던 그 일을 떠올리고 있었다.

다른 십천야인 주란을 거의 죽음까지 몰아넣었던 상황.

반조는 그러던 도중 나타나 주란을 구해 냈고, 백아린을 속여 도망치기까지 했던 자다.

천무진이 슬쩍 음식을 확인하며 말했다.

"네가 한 거야? 어쩐지 형편없더라니."

"하! 말이 너무 심한데. 나름 음식에 재능이 있다고 생각하고 있었는데 말이야."

"그럼 이번 기회에 그 생각은 바꾸는 게 좋겠군."

두 사람이 대화를 나누는 그사이였다.

백아린을 향해 의미심장한 한마디를 던졌던 반조의 모습에 의아했는지 한천이 물었다.

"저 사람 누굽니까? 대장을 아는 거 같은데요."

"응, 알지. 뭐 그리 좋은 기억은 아니지만. 그때 내가 싸웠던 십천야를 데리고 도망친 그자거든."

"……저놈이요?"

한천 또한 백아린에게 있었던 그날의 일을 알고 있었다.
당시 그녀는 주란이 이끌고 왔던 수많은 화접들에게 협공
을 당했었다.

물론 백아린이 압도적으로 그들을 물리쳤지만.

상대가 당시 그 일에 개입된 자라는 걸 아는 순간 한천이
갑자기 고개를 옆으로 돌렸다.

퉤.

한천이 아직 입에 남아 우물거리고 있던 만두를 옆으로
뱉어 냈다.

당시 백아린은 다쳤고, 그 사실을 떠올린 순간 먹고 있던
만두를 입에 머금고 있는 것조차 불쾌해졌으니까.

그 모습에 반조가 울상을 지으며 중얼거렸다.

"그렇게 음식을 버리면 상처인데."

"하하, 제가 좀 비위가 약해서 말입니다. 우리 대장한테
손댄 작자가 한 음식을 먹어 주기는 좀 그래서요."

가시가 가득 담긴 말투에 반조의 눈이 꿈틀했다.

제법 패기 있는 모습이었지만 상대의 도발적인 어투가
반조의 심기를 건드렸다.

반조가 물었다.

"당신이 그 부총관?"

"한천입니다. 이름으로 똑똑히 기억해 주시죠."

"이런. 미안하지만 잔챙이는 별로 기억 못 하는 편이
라."

"누가 잔챙이인지는 나중에 알게 되겠죠."

히죽 웃어 보이며 대답하는 한천의 모습에 반조의 여유
가득한 얼굴이 처음으로 반응했다.

자신이 누구인지 모르지는 않을 터.

그런 상황에서 저 같은 여유를 보이는 사실이 못내 신경
에 거슬렸다.

과연 지금 저 말은 단순한 오기일까 아니면…….

자신의 앞에서도 전혀 주눅 들지 않는 한천의 모습에 여
러 가지 감정을 느끼며 반조가 답했다.

"기대하지. 그런 날이 있을지 모르겠지만."

그렇게 서로에게 날을 세운 채로 두 사람이 대화를 주고
받은 직후였다.

천무진이 물었다.

"근데 이게 무슨 짓이야? 약속 장소로 왔는데 정체를 숨
긴 채로 이런 말도 안 되는 짓이라니."

"뭐, 여러 가지 이유가 좀 있어서 말이야."

반조의 대답에 어느새 천무진의 옆으로 다가온 백아린이
말했다.

"아마도 우리를 의심하고 있었던 거겠죠. 아니야?"

말을 끝내는 동시에 백아린의 시선은 반조에게로 향해 있었다.

순간 움찔한 반조는 고민스럽다는 듯 손으로 턱을 어루만지다 이내 답했다.

"음…… 아니라고는 못 하겠네."

"의심한다고? 우리를?"

"아니, 넌 아니고. 아무래도 우리 입장에서는 저 두 사람을 의심할 수밖에 없잖아?"

천무진의 물음에 고개를 저은 반조가 백아린과 한천을 바라보며 말했다.

적화신루는 계속해서 십천야와 대립해 왔던 자들이다. 물론 천무진을 위해 자신들을 돕겠다고 나서긴 했지만…… 천무진 몰래 무슨 일을 꾸밀지도 모른다 생각했다.

그래서 최대한 이 객잔에서 시간을 끌며 혹시 다른 누군가가 근처에 따라붙는 건 아닌지, 아니면 이 두 사람이 뭔가 속셈을 지니고 있는 건 아닌지를 확인하려 했다.

물론 그 계획은 이들이 자신들의 정체를 너무도 빨리 알아차려 버린 탓에 물거품이 되어 버렸지만 말이다.

하지만…… 그렇다고 해서 모든 것이 실패한 건 아니었다.

천무진 일행이 이곳에 오는 내내 그 경로를 따라 뒷조사를 해 왔다. 그리고 그것을 통해 이들이 딱히 누군가를 만나거나 하지 않았다는 사실을 확인했다.

이곳에서 하려던 일까지 성공했다면 더욱 좋았겠지만, 지금으로써는 이걸로 만족할 수밖에 없었다.

반조가 손바닥을 짝짝 치자 객잔 내부에 있던 모두가 바깥으로 걸어 나갔다.

객잔에 천무진 일행과 반조, 이렇게 넷만 남게 된 직후 그가 말했다.

"일이 이렇게 됐으니 어쩔 수 없나. 이번 일은 여기서 그냥 마무리 짓고, 각자 정해진 대로 하자고. 천무진은 날 따라오고, 두 사람은 인근 다른 마을에서 대기하거나 여기에 있거나 마음대로 해. 아까 객잔 주인 행세하던 노인을 붙여 줄 테니까 우리 쪽에 연락을 취할 거면 그를 통해서 하면 돼."

반조의 말에 천무진의 시선이 백아린과 한천에게로 향했다.

여기서부터는 천무진 혼자 가야만 했다.

십천야의 거점으로 가고, 그곳에서 혼자만의 싸움을 시작해야 하는 그다.

헤어져야 하는 순간이 다가왔음을 느낀 천무진이 자신에게 다가오는 반조를 향해 말했다.

"……먼저 나가 있어. 인사 좀 하고 갈 테니까."

"빨리 끝내고 와."

반조는 곧장 객잔 바깥으로 나갔다.

내부에 세 사람만 남게 된 상황에서 천무진은 옆으로 몸을 돌렸다. 그가 바로 옆에 있던 백아린의 양손을 꼭 쥔 채로 입을 열었다.

"다녀올게."

"네, 몸조심해요."

손을 마주 잡은 채 서로를 향해 최대한 밝은 미소를 보여 주는 두 사람.

이내 천무진의 시선이 옆으로 움직였다.

그리고 그곳에 서 있던 한천이 갑자기 손사래를 치며 말했다.

"전 대장에게 하신 것처럼 다정하게 손까지 잡아 주지 않으셔도 됩니다."

"그럴 생각은 나도 없거든?"

특유의 장난기 가득한 모습에 천무진이 기가 막힌다는 듯 헛웃음을 흘렸다.

그 모습을 보고서야 마찬가지로 한천이 미소를 지어 보였다.

천무진은 알고 있었다.

왜 그가 그런 실없는 소리를 내뱉었는지.

위험하고 중요한 길을 나서는 지금 천무진의 무거운 마음을 한결 가볍게 해 주고 싶어서일 게다.

한천은 그런 사람이었으니까.

한없이 가벼워 보이지만 하는 행동마다 의미가 있는 사람.

처음 봤을 때는 상상조차 못 했던 일이지만, 이 사내는 꽤나 믿음직했다.

그랬기에 천무진이 진심을 담아 부탁했다.

"한천, 부탁할게. 백아린을 도와줘."

"걱정 않으셔도 됩니다. 그게…… 제가 가장 자신 있는 일이니까요."

씩 웃으며 말을 내뱉는 한천의 모습이 그리도 듬직해 보일 수가 없었다.

한천에게 백아린을 부탁한 천무진은 다시금 그녀를 향해 시선을 돌렸다. 최대한 가까이 두긴 했지만 정확하게 언제 다시 만나게 될지는 알 수 없었다.

그랬기에 떨어지는 발걸음이 무거울 수밖에 없었지만…….

천무진이 꼭 쥐고 있던 양손을 천천히 조금씩 놓았다.

두 사람은 그저 서로를 바라보기만 할 뿐 별다른 말을 하지 않았다.

말없이 서로를 향하는 시선.

그렇지만 그것만으로 충분했다.

천무진은 백아린에게 십천야와 관련한 아무런 부탁도 하지 않았다.

아니, 정확히 말하자면 아무런 부탁도 할 수 없다고 해야 옳았다.

천지광의 명을 어길 수 없는 천무진이었으니까.

하지만 상관없었다.

굳이 말하지 않아도 백아린은 자신의 모든 생각을 알 거라고 믿기 때문이다.

천무진이 힘겹게 입을 열었다.

"……갈게."

그의 말에 백아린이 고개를 끄덕였다.

천무진은 그렇게 한천에게, 그리고 곧이어 백아린의 소매 속에서 모습을 드러낸 치치에게도 잠시 시선을 주다가 이내 몸을 돌렸다.

이제부터는 각자의 자리에서.

그렇지만 또 서로를 위해.

그렇게 싸워 가야 할 때가 온 것이다.

객잔 문을 열고 나서는 천무진의 시선에 바깥에서 기다리고 있던 반조의 모습이 들어왔다.

그가 천무진을 향해 손을 들어 올리며 말을 건넸다.

"작별 인사는 잘 끝냈나?"

한쪽에 몸을 기댄 채 물어 오는 반조를 향해 천무진이 퉁명스레 답했다.

"곧 다시 만날 텐데 작별 인사는 무슨."

＊　　　＊　　　＊

천무진이 반조와 함께 움직이기 시작하면서 향한 곳은 다름 아닌 형산(衡山)이었다.

형산은 중원 오악의 하나로, 그중 남악(南嶽)이라 불리는 곳이기도 했다. 형산은 다른 오악인 화산이나 태산 같이 높은 산은 아니었지만 일흔두 개의 봉우리들이 무척이나 넓게 퍼져 있는 산이었다.

형산은 불교와 도교의 성지로도 널리 알려져 있고 수백여 개에 달하는 절과 사당, 암자들이 자리한 곳이기도 했다.

거기다 기후적인 특징으로 인해 산을 뒤덮은 푸르른 나무들로 사시사철 녹색 빛을 머금은 곳이기도 했다.

그로 인해 수많은 여행객들과 시인들이 찾아오는 장소.

그랬기에 천무진은 지금 반조가 이곳으로 온 것이 미심쩍었다.

비밀 거점이 있는 곳이라고 하기엔 이곳 형산은 너무도 많은 이들이 오고 가는 장소였기 때문이다.

형산에 들어서고 적당한 시간이 지났을 무렵.

뒤따르던 천무진이 입을 열었다.

"거의 다 와 간다고 하지 않았던가?"

"그렇다니까. 생각보다 성격이 급하네."

"성격이 급한 게 아니라…… 좀 이해가 안 가서."

"뭐가?"

"형산에 십천야의 거점이 있다는 게 말이야. 여기에 드나드는 사람이 얼마나 많은데 이곳에 거점이 있다는 거야."

"가 보면 안다니까."

정확한 대답을 피하며 반조가 씩 웃어 보였다.

천무진은 그 말을 끝으로 계속해서 나아가는 반조의 뒤를 묵묵히 쫓을 수밖에 없었다.

그렇게 오랜 시간 형산을 거닐던 중이었다.

일흔두 개의 봉우리 중 어딘가에 도착하자 반조는 숲길의 옆으로 난 소로를 따라 나아갔다. 그렇게 해서 도착한 그곳에는 조그마한 사당이 하나 있었다.

사당은 위패 몇 개만 모셔 놨을 정도로 아주 작은 곳이었다.

주변으로 쳐진 울타리는 오랜 시간 관리가 되지 않은 듯 엉망이었다.

그 사당의 앞에 선 반조가 몸을 돌리며 말했다.

"십천야에 거점에 온 걸 환영해."

"……농담이지?"

눈앞에 보이는 사당은 무척이나 작았다.

어디 그뿐이랴.

이곳엔 아무것도 없었다.

내부의 모습도 훤히 보였고, 사람이 기거할 만한 환경이 못 됐다. 그런데 이곳이 십천야의 거점이라니.

말도 안 되는 소리라는 표정을 지어 보이는 그때 반조가 옆으로 손을 뻗었다.

그의 손이 사당에 자리한 위패 중 하나를 꾸욱 눌렀다. 그러자 놀라운 일이 벌어졌다.

위패가 아래로 들어갔고, 동시에 주변 기의 흐름이 요동 쳤다.

그리고 그 짧은 틈을 이용해 반조는 주변에 있는 다른 물건들의 위치를 움직였다.

그러자…….

휘이이잉!

거센 바람이 주변을 한 바퀴 휩쓸고 지나갔다.

갑자기 불어오는 바람에 천무진이 슬쩍 소매로 시야를 가렸다. 그러고는 이내 거짓말처럼 사라진 바람을 느끼며 천천히 손을 내렸을 때였다.

전방을 확인한 천무진의 눈동자가 커졌다.

"여기는……."

눈 앞에 펼쳐진 곳은 흡사 성을 연상케 할 정도로 어마어마한 규모의 장소였다.

앞을 가로막은 벽은 쉽사리 넘지 못할 정도로 높았고, 그 크기는 끝이 보이지 않을 만큼 크게 느껴졌다.

주변으로는 커다란 나무들이 줄지어 서 있었고, 거대한 거처에서 느껴지는 웅장함에 시선을 떼기 어려울 지경이었다.

천무진이 모습을 드러낸 진짜 십천야의 거점에 넋을 놓고 있는 사이 옆에서 반조가 말을 걸어왔다.

"어서 오라고. 우리 진짜 거점에."

"진법에 감춰 뒀던 건가."

"맞아."

"……이렇게 은밀한 진법이라니 놀랍군."

이 정도로 대규모인 공간을 진법을 통해 감춰 뒀다는 사실에 천무진은 무척이나 놀랐다. 그리고 이것은 그만큼 십천야의 힘이 강하다는 것을 뜻하기도 했다.

놀라고 있는 천무진을 향해 반조가 입을 열었다.

"들어가자고. 모두가 기다리고 있을 테니까."

"……."

고개를 끄덕인 천무진이 곧장 입구를 향해 걸어갔다.

입구에 있던 수십 명의 무사들이 반조를 확인하고는 서둘러 길을 비켜섰다.

그렇게 반조를 따라 들어선 십천야의 비밀 거점 내부. 그곳은 밖에서 보았을 때 느꼈던 것처럼 엄청난 규모를 자랑했다.

수천이 넘는 인원들이 기거해도 모자랄 것 하나 없는 커다란 공간. 거기에 내부는 이것저것 꾸며져 있어, 곳곳에 연못이나 화려한 화단들이 가득했다.

반조를 따라 걷던 천무진이 물었다.

"여기가 비밀 거점 중 하나라고 들었는데 맞아?"

"그렇지. 그런데 그건 왜?"

"그럼 이런 곳이 몇 개는 더 있다는 소리로 들리는데."

"물론. 이런 비밀 거점이 열 개는 더 있을 거다."

반조의 대답에 천무진은 십천야가 지닌 힘이 생각보다 더욱 크다는 걸 알게 되었다. 그리고 그런 그들을 무너트리는 건 생각보다 쉽지 않을 거라는 것도.

어릴 적 십천야의 거점 중 한 곳에서 지낸 일이 있었던 천무진이다.

그렇지만 당시에 천무진은 바깥으로 전혀 나가지 못했다. 그랬기에 그 비밀 거점이라는 곳들이 이리도 대단할 줄은 상상도 못 했거늘…….

주변의 모습들을 눈에 담으며 반조를 쫓던 사이.

마침내 목적지에 도착할 수 있었다.

비밀 거점의 중앙 지역에 위치한 커다란 거처.

이곳은 바로 어르신의 거점이자, 다른 이들과의 회동이 준비되어진 장소였다.

입구에서 간단한 절차를 끝낸 반조가 여전히 뒤편에서 주변의 모습을 보고 있는 천무진을 향해 손짓했다.

"가자고."

말을 끝낸 반조가 열린 문안으로 성큼 들어섰고, 천무진이 그 뒤를 쫓아 움직였다.

터벅터벅.

긴 복도는 어두웠다.

마치 동굴 내부라도 되는 것처럼 두 사람의 발걸음 소리가 울렸고, 긴 복도는 왠지 모르게 음울한 분위기를 풍겼다.

꽤나 큰 공간.

그렇지만 극히 일부의 기척을 제외하고는 별다른 움직임이 느껴지지 않았다.

천지광은 자신의 얼굴을 쉬이 바깥으로 드러내지 않는다. 그 정도가 얼마나 심했는지, 십천야에 속한 일부조차도 그의 얼굴을 본 횟수가 손에 꼽을 정도로 적었다.

그런 천지광이었으니 자신의 거처에 많은 사람을 둘 리가 만무했다.

한참을 길게 이어진 복도를 따라 걷던 천무진이 걸음을 멈췄다.

복도의 끝에 위치한 곳.

안에서는 몇 명의 기운이 느껴졌다.

굳이 설명을 듣지 않아도 이곳에 자신을 기다리는 십천야들이 있다는 사실을 알 수 있었다.

그리고 천무진의 예상은 정확하게 맞아떨어졌다.

입구로 다가간 반조가 조심스레 입을 열었다.

"어르신, 도착했습니다."

"들어오거라."

안에서 들려오는 천지광의 목소리.

허락이 떨어지고서야 반조는 문을 열고 안으로 들어섰다. 그리고 그 뒤를 따라 들어선 천무진의 시선이 방 내부를 빠르게 살폈다.

방의 크기는 꽤나 컸다.

입구에서 가장 먼 쪽에 짙은 휘장이 자리하고 있었고, 그 안에 있는 건 바로 천지광이었다.

그리고 그 휘장의 양옆에는 익숙한 얼굴을 한 이들이 있었다.

장포를 뒤집어쓰고 있는 매유검과 주란이 그곳에 자리한 상태였다.

장포를 쓰고 있어 표정을 확인할 수 없는 매유검과는 달리 주란은 무척이나 떨떠름한 얼굴이었다. 사실 그녀로서는 지금 이곳에서 천무진과 함께한다는 것 자체가 어색했고, 불편했다.

반조가 매유검의 옆에 가서 서자, 천무진 또한 자연스레 주란 옆에 자리했다.

숨 막힐 듯한 정적이 내부를 감도는 그때.

휘장 안쪽에서 천지광이 말했다.

"이렇게 다들 한자리에 모이니 보기 좋구나. 예전부터 언젠가 이런 자리를……."

"한 명이 없는 것 같은데요."

천지광의 이야기를 자르며 천무진이 입을 열었다.

자신이 알기로는 이곳에 모여 있는 인원들에다가 자운까지 있어야만 했다. 그런데 그의 모습이 보이지 않았고, 그랬기에 질문을 던진 것이다.

그런 천무진의 모습에 다른 이들 모두가 움찔했다.

사실 누구도 이처럼 천지광의 말을 자르는 짓은 하지 않는다. 그만큼 천지광이라는 인물에 대한 두려움을 지니고 있기 때문이다.

하지만 천무진은 달랐다.

전혀 아랑곳하지 않았고, 그건 천지광 또한 마찬가지였다.

다른 이가 이처럼 행동했다면 당장에 휘장 안쪽에서 손을 휘둘렀을 그이지만, 상대가 천무진이니 오히려 부드러운 목소리로 답했다.

"자운은 일이 있어 잠시 자리를 비웠다. 조만간 인사하게 될 게야."

"알겠습니다."

천무진이 짧게 답하자 천지광이 다시금 하던 말을 이었다.

"다들 이리 모였으니 함께 식사라도 해야겠군. 자리를 따로 마련해 두었으니 그리로 가서 식사들 하고 있도록 하거라. 나도 곧 가지."

"예, 어르신."

주란이 조심스레 답하며 곁눈질로 옆에 있는 천무진을 살폈다.

명이 떨어지자 곧바로 움직이는 나머지 인원들과는 달리 잠시 서 있는 그를 향해 주란이 작게 말했다.

"뭐 해. 빨리 나오라니까."

자신을 향한 부름에 천무진이 휘장 쪽으로 향했던 시선을 거둔 채로 성큼 걸음을 옮겼다. 그렇게 주란을 따라 밖으로 나서자 그곳에는 다른 두 명이 자리하고 있었다.

천무진을 뒤에 둔 채로 주란이 투덜거렸다.

"어르신한테 말조심하는 게 좋을 거야. 시키시는 일에는 머뭇거리지 말고. 그런 식으로 굴다가는 언젠가……."

"너냐?"

"갑자기 뭔……."

"너냐고. 백아린을 죽이려고 왔던 십천야가."

천무진의 목소리는 싸늘했다.

뒤에서 여러 가지 일을 꾸민 탓에 이것저것 얽혀 있긴 했지만 주란과 직접 얼굴을 마주한 건 이번이 처음이었다.

백아린에 대한 이야기가 나오자 주란은 표정을 팍 찡그렸다.

그날 그녀는 십천야로서 다시없을 굴욕을 당했다.

그렇게 백아린에게 패한 이후부터 주란의 인생은 이상할 정도로 꼬이기 시작했다.

이후 작전들은 계속해서 수포로 돌아갔고, 그 때문에 십천야 내에서 자신의 위치가 점점 흔들리는 상황까지 다다랐다.

그 모든 것의 시작이 백아린이라 여기는 주란으로서는 이름을 듣는 것만으로도 불쾌감이 치밀었다.

주란이 짜증 가득한 목소리로 답했다.

"그런데 왜?"

"어르신에게 들었겠지만 백아린은 계속 날 도울 예정이다. 그러니 이제 함부로 굴지 마. 그랬다가는 내가 용서 안 할 테니까."

경고하듯 말하는 천무진의 모습에 주란이 버럭 소리쳤다.

"망할! 그때 더 다친 건 나거든?"

"언제까지 여기서 떠들고 있을 거야. 가자고."

대화가 길어지는 것 같자 옆에서 듣고만 있던 반조가 개입했다.

그의 말에 주란은 씩씩거리면서 곧장 몸을 돌려 걸어 나갔다.

그러자 그녀의 뒷모습을 보며 매유검이 비웃듯 말했다.

"자기도 그런 무명 소졸한테 박살이 난 건 민망한 모양이지. 한심하긴. 같은 십천야라는 게 부끄럽다니까."

들으라고 내뱉은 말에 주란은 휙 고개를 돌려 매유검을 노려봤다. 그렇지만 매유검은 오히려 어깨를 으쓱하며 상대를 도발했다.

"노려보면 어쩔 건데? 적화신루의 총관 하나 못 이기는 주제에 나한테 덤벼 보려고? 그런데 어쩌지? 나한테 덤비면 그땐 정말 죽을 텐데."

"매유검……!"

주란이 이를 악문 채로 소리를 내지르려 할 때였다.

두 사람 사이에 반조가 끼어들며 말했다.

"어르신 거처 앞이다. 조용들 해."

"……."

반조의 말에 두 사람이 동시에 입을 닫았다.

그러고는 이내 주란이 붉어진 얼굴로 몸을 돌리고는 다시금 앞으로 걸어 나갔다.

멀어지는 그녀를 향해 장포 안쪽에 드러난 매유검의 입꼬리가 비틀렸다.

"능력도 하찮은 머저리 같은 게 자존심만 있어 가지고."

조롱하는 그를 향해 반조가 말했다.

"매유검, 말 좀 가려서 하지. 그리고 나도 그날 그 적화신루의 총관과 마주해 봐서 아는데 너라고 해도 쉽사리 못 이길걸. 확실히 보통은 아니었으니까."

"넌 또 뭔 개소리야."

반조의 말에 매유검이 짜증스러운 목소리로 답했다.

허나 그런 매유검의 말에 굳이 답해 줄 필요가 없다는 듯 반조는 천무진을 향해 눈짓을 보냈다.

마치 가장 잘 아는 사람이 저기 있지 않냐는 듯이.

그걸 끝으로 반조 또한 몸을 돌려 나아갔고, 매유검이 몸을 돌려 가장 뒤편에 자리하고 있던 천무진을 바라봤다.

그가 여전히 짜증 난다는 듯 말했다.

"지금 반조가 지껄인 저 개소리를 어떻게 들어야 돼?"

불만 가득한 그 모습을 보며 천무진이 걸음을 옮기면서 입을 열었다.

"그냥 그대로 들으면 되겠네."

"……무슨 의미지?"

되묻는 매유검의 말에 천무진이 대꾸도 하지 않고 막 그를 지나쳐 갈 때였다.

못 참겠다는 듯 매유검이 천무진의 어깨를 향해 손을 뻗었다.

"어이! 내 말에……!"

팍!

어깨에 닿으려는 손을 재빠르게 쳐 낸 천무진이 싸늘한 눈빛으로 매유검을 바라봤다.

어릴 적부터 얽힌 좋지 않은 사이.

그렇게 손을 쳐 낸 그 상태로 멈추어 선 두 사람의 시선이 서로를 향해 쏘아졌다.

천무진이 마치 더러운 걸 만졌다는 듯 매유검의 손을 쳐 냈던 손등을 옷에 슥슥 닦아 내며 말했다.

"궁금하면 덤벼 보든가."

"킥킥, 그래도 되겠어? 그랬다가는 네 그 잘난 동료 가……."

"그러니까 덤벼 보라고."

말을 내뱉는 천무진의 얼굴엔 확신이 가득했다.

그리고 그 확신이 무엇인지 눈치를 챈 매유검이 부르르 몸을 떨었다.

천무진은 자신이 그 백아린이라는 여인에게 질 거라 말하고 있는 것이었다.

그리고 마치 쐐기를 박듯 천무진이 말을 이었다.

"꼴 보기 싫은 네가 알아서 죽어 주겠다는데 뭐 말릴 이유는 없지."

그 말을 끝으로 멀어져 가는 천무진의 모습에 매유검은 허리에 차고 있는 검으로 손을 가져다 댔다.

'……천무진!'

뿌드득.

매유검은 절로 이가 갈렸다.

동시에 후회가 됐다.

이십 년 전 그날.

어떻게든 저놈을 죽였어야 했다.

십삼 호라 불리던 천무진이 절벽에서 떨어지는 것만 보고
죽었을 거라 생각한 자신이 원망스러웠다. 나무뿌리를 잘라
내는 것이 아니라 심장에 검을 꽂아 넣었어야 했거늘…….

결국 그 한 번의 과오로 운명이 바뀌어 버린 매유검이다.

혼자 서 있던 매유검의 시선이 옆으로 움직였다.

방금 전까지 자신들이 있던 천지광의 거처 쪽이었다.

'어르신은 저놈에게 뭘 바라는 거지?'

천지광은 유독 천무진에게 있어 관대했다.

그건 곧 그에게 바라는 것이 있다는 의미인데…… 그게
뭔지 대체 모르겠다.

천무진을 천룡성에 넣으면서까지 벌이려고 하는 일이 대
체 뭘까?

처음엔 천운백을 죽이는 것이 목적인 줄 알았다.

하지만 이제는 그것뿐만이 아닌 것 같다는 생각이 들었다.

그게 뭔지는 도통 모르겠지만…….

"기분 더럽군."

이를 악문 매유검이 중얼거렸다.

2장. 두 사람
— 보고 싶었어요

준비된 식사는 무척이나 화려했다.

큰 상 위에는 각양각색의 요리들이 즐비했고, 또 값비싼 술들 또한 줄지어 자리하고 있었다.

누구라도 눈이 휘둥그레질 법한 자리였지만 막상 그곳에 있는 네 사람의 표정은 하나같이 시큰둥했다.

사실 천지광의 명령이 있었기에 이토록 모인 것이지, 그것이 아니라면 굳이 한자리에 함께하고 싶지 않은 이들끼리의 모임이었다.

아직까지 천지광은 나타나지 않았지만, 나머지 네 명은 이미 식사를 시작한 상태였다.

천지광이 늦게 올 거라는 걸 알았고, 그가 먼저 식사를 하고 있으라는 말까지 전했었기 때문이다.

술잔에 담긴 술을 입에 털어 넣은 주란이 이내 불만스러운 듯 중얼거렸다.

"언제 오시는 거야, 대체."

최소한 천지광이 이곳에 얼굴을 내비치고 사라진 이후에나 끝낼 수 있는 자리였기에 주란은 그가 오기를 간절히 바라고 있었다.

혼자 중얼거리던 그녀는 이내 한쪽에 비어 있는 자리를 바라봤다.

화산파의 자운이 있어야 할 자리였지만 그는 어떠한 이유로 한동안 모습을 보이지 않고 있었다.

주란이 대수롭지 않다는 듯 물다.

"그런데 자운은 대체 어디 갔기에 요새 코빼기도 안 보이는 거야?"

현재 천운백을 죽이기 위해 움직이고 있는 자운이다. 그렇지만 그 사실을 전해 듣지 못한 주란이었기에, 아무 생각 없이 천무진이 있는 이 자리에서 그 이야기를 꺼냈다.

모든 정황을 알고 있는 반조가 슬쩍 천무진의 눈치를 살피며 입을 열었다.

"일이 있으니 안 보이는 거겠지."

"일? 난 아무것도 못 들었는데 무슨 일?"

"어이, 나중에 이야기…….."

반조가 대충 이야기를 돌리려고 하는 바로 그때였다. 구석에 앉아 혼자서 술만 마시고 있던 매유검이 비웃듯 입을 열었다.

"어이, 뭘 그리 쉬쉬하고 그래. 어차피 다 알게 될 일 아닌가."

말을 마친 매유검이 자리에서 벌떡 일어났다.

그러고는 이내 다른 쪽에 자리하고 있던 천무진에게 가까이 다가갔다. 다가오는 그에게 시선조차 주지 않은 채로 자리하고 있던 천무진을 향해 매유검이 상체를 기울였다.

쿵.

양손으로 탁자를 짚은 매유검이 비웃듯 말했다.

"이봐, 잘나신 천룡성의 주인. 자운이 어디 갔는지 알아?"

"매유검! 거기까지……!"

반조가 서둘러 상황을 수습하려 했지만 매유검이 손을 뻗어 다가오려는 그를 멈춰 세웠다.

그러고는 이내 천무진을 향해 말을 이었다.

"네 사부. 천운백인지 뭔지 하는 그놈을 죽이러 갔다고."

충격적인 발언.

그렇지만 그 말을 들은 천무진은 전혀 놀라지 않은 얼굴로 천천히 고개를 돌렸다.

그렇게 매유검을 바라보며 천무진이 입을 열었다.

"그래서?"

"……뭐?"

"기분 나빠 하기라도 하라는 건가? 그런데 어쩌지. 이미 사부를 죽이기 위해 손을 쓴 건 어르신에게 먼저 전해 들었거든."

사실 천지광에게 듣기도 전부터 알았던 일.

굳이 놀랄 이유는 없었다.

그리고 천운백을 죽이는 일이었으니 실력 좋은 이들 중 누군가 나섰을 거라 판단했고, 화산파의 조수아를 이용하는 일이니 자운이 나설 확률이 높다고도 생각했다.

물론 그 일에 대해 직접 전해 들으니 불쾌감이 치밀어 오르는 건 사실이었지만 천무진은 최대한 그런 감정을 감췄다.

천무진이 말했다.

"매유검, 자꾸 기어오르는데 말이야……."

말을 슬며시 끌며 천무진이 몸을 일으켰다. 그렇게 자신에게 상체를 들이민 매유검을 향해 몸을 기울인 채로 천무진이 곧바로 말을 이었다.

"잊지 말라고. 너랑 나는 어르신께 있어 가진 의미가 달라. 그 말은 네가 아는 건 나 역시 모두 다 안다는 소리고. 그러니 말이야……."

말과 함께 천무진이 손을 뻗어 매유검의 이마 부분을 꾹꾹 눌렀다.

그런 천무진의 행동에 뒤집어쓴 장포 아래쪽으로 드러난 매유검의 얼굴이 새빨갛게 변했다. 상대의 변화를 확인하며 천무진이 매유검의 귓가에 대고 속삭였다.

"네 주제를 알아."

쾅!

매유검이 주먹으로 탁자를 강하게 내려쳤다. 동시에 탁자는 반으로 갈라졌고, 그 위에 있던 음식들이 바닥으로 마구 나뒹굴었다.

그렇지만 당사자인 두 사람은 그런 상황에는 전혀 아랑곳하지 않고 상대방을 노려보고만 있었다.

그때.

끼이익.

식사를 위해 모여 있던 장소 한쪽에도 휘장이 자리하고 있었고, 그 안쪽에서 문이 열리는 소리가 들렸다.

십천야의 수장인 천지광의 등장이었다.

그의 등장에 천무진이 자리에 착석했다.

매유검 역시 화를 억누르고 자신의 자리로 돌아가야만 했다.

전혀 아무렇지 않은 표정의 천무진.

하지만…… 그 속내는 달랐다.

'……사부님.'

함정인 줄 알면서도 홀로 적진으로 들어선 천운백이다. 자신에게 살아 돌아오겠다 굳게 약속했지만 그게 쉽지 않을 거라는 걸 안다.

천무진은 조용히 입술을 깨물었다.

천지광에게 방해가 되는 일을 할 수 없는 천무진으로서 큰 도움을 줄 순 없었지만, 할 수 있는 한에서 최대한의 손을 써 둔 상황이다.

남은 건 그저…….

나타난 천지광을 위해 다른 이들과 동시에 술잔을 들어 올린 천무진이 그것을 입가에 가져다 댔다.

쓴 술이 목구멍을 타고 흘러내렸다.

소매로 입가를 닦아 내는 천무진의 눈동자가 꿈틀거렸다.

……하늘이 우리 편이기를 바랄 뿐.

    * * *

 자운은 조수아를 대동한 채로 산동에 도착했다.

 그리고 지금 산동으로 움직인 건 비단 이 두 사람뿐만이 아니었다. 현재 자운은 대략 육십여 명에 달하는 무인들과 함께하고 있었다.

 그들 모두가 구파일방이나 오대세가, 또는 각 지역의 이름난 문파나 가문들에서 뽑혀 나온 인물들이었다.

 마치 천룡성을 도와 중요한 임무를 수행하기 위해 움직이는 것처럼 행동하고 있었지만…… 사실 이들 모두는 각 문파에 숨겨져 있던 십천야 쪽 사람들이었다.

 자운은 그런 그들을 이끌며 조수아를 목적지인 산동 제녕(濟寧) 인근까지 유인했다.

 화산파가 있는 섬서성에서 이곳 산동 제녕까지.

 점점 거리가 가까워져 올수록 조수아의 표정은 밝아졌다. 오랜 시간 만나지 못했던 천운백과의 만남을 기대했기 때문이다.

 무려 이십 년이다.

 강산이 몇 번은 변했을 정도의 그 긴 시간을 그저 마음으로만 함께했을 뿐, 얼굴조차 보지 못했다.

 젊은 시절 처음 만나 사랑에 빠졌고, 그 이후 잠깐의 행복했던 순간을 제외하고는 기다림의 시간만 계속되었다.

객잔 방 한쪽에 위치한 창가에 선 채로 조수아는 깊은 생각에 잠겨 있었다.

이미 해가 지고도 한참은 지난 시간.

모두가 잠이 들었을 정도로 늦은 시간이었음에도 불구하고 그녀는 이상할 정도로 정신이 또렷했다.

곧 있을 천운백과의 만남이 그 정도로 그녀를 설레게 했던 것이다.

그를 만나면 하고 싶은 말이 너무도 많았다.

어떻게 이십 년이 넘게 코빼기조차 보이지 않았느냐고. 그 아름답고 젊은 시절은 다 지나고 지금의 자신은 너무나 늙어 버렸다며 원망을 하고 싶었다.

나쁜 놈이라고 욕도 실컷 퍼부어 주고 싶었고, 원망 어린 말들도 쏟아 내고 싶었지만 그렇게 해도 속이 풀리지 않을 것만 같았다.

그렇지만 사실 그 어떠한 말들보다 가장 하고 싶은 이야기는 따로 있었다.

……보고 싶었다고.

당신이 너무도 보고 싶었다고.

창을 통해 바깥의 풍경을 바라보던 조수아가 중얼거렸다.

"당신은 정말 나쁜 사람이에요. 그렇지만 저도 참 바보네요. 그런 당신이 이렇게 보고 싶어서야 미워할 수도 없잖아요."

자신을 혼자 내버려 둔 것이 미우면서도 한편으로는 마음이 아팠다.

천운백이 짊어져야 할 무게를 알았기에.

그 또한 자신을 그리워했을 거라 믿었기에.

이상하게 마음이 너무도 설레 쉽사리 잠조차 오지 않는 밤. 그렇지만 내일의 이동을 위해서는 제대로 휴식을 취해 둬야 할 것이다.

막 조수아가 억지로 침상에 누워 잠을 청하려 할 때였다.

다급한 발걸음 소리가 들려왔다.

"사고! 일어나 계십니까?"

목소리의 주인공은 자운이었다.

자신을 부르는 소리에 침상에서 몸을 일으킨 그녀가 물었다.

"무슨 일이지, 자운."

"천룡성 쪽에서 급한 도움이 필요하다고 연락이 왔습니다. 지금 바로 움직이셔야 할 것 같습니다."

조수아는 침상에서 자리를 박차고 일어났다.

잠 한숨 자지 못했지만 그런 건 전혀 상관없었다.

그 말은 곧 천운백을 만날 수 있는 시간이 보다 빨라진다는 의미였으니까.

그녀가 서둘러 겉옷을 걸치며 바깥으로 뛰쳐나왔다. 그러고는 이내 바깥에서 대기하고 있는 자운을 향해 말했다.

"서두르자고."

말과 함께 먼저 객잔 바깥으로 뛰쳐나가는 그녀의 뒷모습을 바라보던 자운의 입가에 슬쩍 웃음이 걸렸다.

조수아를 이곳 산동 제녕까지 유인해 왔다.

그리고 이제 남은 건 그녀를 인질로 천운백을 끌어들이는 것뿐.

함께 이곳까지 온 인물들 중 하나가 자운의 옆으로 다가왔다.

"자운 대협, 준비 끝났습니다."

그 말에 자운이 픽 하고 웃었다.

"······그래?"

그가 뒤편으로 고개를 돌렸고, 거기엔 어느새 이곳까지 함께 움직인 육십 명이 넘는 무인들이 대기하고 있었다.

그들을 바라보며 자운이 말했다.

"가지."

그 말과 함께 자운이 성큼성큼 계단을 걸어 내려갔다.

천룡성에서 연락이 왔다는 가짜 소식으로 조수아를 속인 채, 움직이기 시작한 일행들은 곧바로 근처에 있는 숲길을 통해 사람들의 인적이 없는 곳으로 향했다.

너무도 은밀한 곳으로 향하고 있었지만 조수아로서는 전혀 의심할 이유가 없었다.

함께 움직이고 있는 이들 모두가 정파의 인물들이고, 또 천룡성과 관련된 일이다 보니 비밀스럽게 진행하는 것 또한 예상 범위 안이었기 때문이다.

그렇게 숲길을 따라 점점 깊은 곳으로 향해 가던 중 목적지 인근에 도착하자 자운이 준비해 두었던 계획을 시작했다.

그가 소리쳤다.

"사고, 저깁니다! 저곳에서 천룡성의 무인을 뵙기로 했습니다."

숲속에 자리하고 있는 한 채의 초가집.

그 초가집을 확인하는 순간 조수아의 심장은 미친 듯 뛰기 시작했다. 그런데 초가집을 향해 빠르게 나아가던 자운이 갑자기 걸음을 멈추며 뒤쪽으로 신호를 보냈다.

"모두 대기! 이곳에서 우선 주변부터 확인하고 들어간다. 근방에서 사건이 하나 있었던 모양인데 증거를 찾아야 한다."

자운이 초가집을 코앞에 두고 멈춰서는 근방에서 있었던 사건의 증거들을 먼저 찾으며 움직이라는 명령을 내리자, 조수아가 다급한 표정을 지어 보였다.

"그게 무슨 소리지?"

"사실 이곳에서 이번에 천룡성과 함께하는 일에 대한 단서를 주기로 한 자와 만나기로 했습니다. 그런데 그가 갑자기 죽었다더군요. 천룡성의 그분은 저 안을 조사하고 계실 테니 인원이 많은 우리는 바깥부터 확인하려고 합니다."

말을 마친 자운이 막 걸음을 옮기다 멈칫했다.

그 자리에 선 채로 머뭇거리는 조수아의 모습을 봐서다. 자운은 그녀가 왜 그러는지 다 알면서 괜히 모르는 척 입을 열었다.

"왜 그러십니까?"

"난 천룡성의 무인이 계신 저곳으로 가 봐도 될까? 먼저 만나서 물어보고 싶은 이야기가 좀 있어서."

"그렇게 하시죠. 그럼 저는 외부 수색을 끝마치고 바로 합류하도록 하겠습니다."

"고마워."

짧게 인사를 건넨 조수아는 곧바로 움직이기 시작했다.

그리고 점점 멀어지는 그녀의 뒷모습을 자운이 의미심장한 표정으로 바라봤다. 그리고는 이내 주변을 둘러보던 움직임을 멈춘 채로 아주 은밀하게 그 뒤를 따라 움직였다.

자신이 속고 있다는 사실을 모르는 조수아는 곧장 건물의 입구까지 내달렸다.

안쪽에서는 한 사람의 인기척이 느껴졌다.

그걸 느끼는 순간 조수아는 길게 숨을 내쉬었다.

"후우."

이십 년 만의 만남에 손끝이 떨려 왔다.

그렇게 심호흡을 끝낸 그녀가 문을 열고 성큼 안으로 들어섰다.

조수아가 안으로 들어서며 입을 열었다.

"세상에 이십 년이나 연락도 안······."

말을 내뱉는 그 순간 그녀의 얼굴을 향해 새하얀 가루가 밀려들었다. 방 안에 있던 누군가가 기다렸다는 듯 들어서는 조수아를 향해 가루를 뿌린 것이다.

전혀 예상치 못한 당황스러운 상황.

거기다가 천운백과의 만남을 기대하며 잔뜩 들뜬 상황인지라 그대로 당할 법도 하련만······ 그녀는 뛰어난 무인이었다.

그 와중에도 조수아는 재빠르게 반응했다.

파앙!

한 번 숨을 들이쉬었던 그녀가 서둘러 손을 움직여 재차 밀려드는 가루를 밀어냄과 동시에 상대를 향해 일장을 후려친 것이다.

그에 방 안에서 대기하고 있던 자는 그대로 반대편 쪽으로 밀려 나가 쓰러졌다.

가슴을 움켜쥔 조수아가 거칠게 기침을 토해 냈다.

"콜록!"

순간 머리가 핑 하고 돌았고, 다리에 힘이 풀렸다. 그렇지만 조수아는 버텨 냈다.

그제야 그녀는 방 내부의 모습을 확인할 수 있었다.

자신의 공격조차 받아 내지 못하고 쓰러진 상대가 천운백이 아니라는 건 굳이 확인하지 않아도 될 일이었다.

주춤거리는 그녀의 뒤편으로 자운이 다가왔다.

어지러워지는 정신을 붙잡으며 조수아가 소리쳤다.

"자운! 여기에 수상한……."

말을 내뱉던 조수아의 표정이 조금씩 일그러지기 시작했다.

다가오는 자운.

그리고 그의 뒤를 따라오는 육십에 달하는 무인들까지.

별다른 행동을 한 것은 아니었다.

그런데도 불구하고 조수아는 알 수 있었다. 그들의 이글

거리는 시선이 향하는 곳이 바로 자신이라는 것을.

"……이거 함정이었나?"

눈치 빠른 그녀의 말에 자운이 픽 웃으며 대꾸했다.

"역시 사고십니다. 눈치가 빠르시군요."

"대체 왜……."

"이유가 뭐겠습니까?"

파앙!

검을 뽑아 든 자운이 여전히 미소가 가득한 얼굴로 말했다.

"당신이 천운백, 그를 유인할 미끼가 되어 줘야 하거든."

*　　　*　　　*

천운백은 움직이고 있었다.

마교에서 연락을 받고 이곳 산동까지. 거의 무림을 횡단하는 것에 가까울 정도로 먼 거리였음에도 불구하고 그는 미친 듯이 달렸다.

최선의 방법은 어떻게든 시간을 단축시켜 모든 일이 벌어지기 전에 계획을 막아 내는 것이었으니까.

하지만 그렇게나 빨리 움직였음에도 불구하고 일이 벌어지기 전에 막아 내는 건 불가능했다.

결국 조수아는 납치를 당했고, 다른 사람을 이용해 천운백을 이곳 산동으로 불러들이는 연기를 하던 십천야가 정체를 드러냈다.

조수아를 데리고 있으니, 살리고 싶다면 혼자서 찾아오라는 연락을 건넨 것이다.

상황이 벌어졌음을 알게 된 천운백은 깊은 한숨을 내쉬었다.

"후우, 결국 막지 못했군."

손에 쥔 서찰을 구기는 천운백의 표정은 좋지 못했다. 어떻게든 그녀를 지키고 싶었다.

그런데 결국 일이 벌어지고야 말았으니 마음이 안 좋을 수밖에 없었다.

하지만 이미 어느 정도는 예상했던바.

결국 선택은 하나일 수밖에 없었다.

"곡산이라."

그들은 곡산이라는 곳으로 천운백을 불러들였다.

최선의 상황은 아니었지만, 생을 돌아온 천무진 덕분에 이번 일에 대해 미리 들을 수 있어 어느 정도 방비를 해 둔 상태였다.

곡산이 있는 동쪽으로 시선을 돌린 천운백이 나지막이 중얼거렸다.

"그녀를 오래 기다리게 할 순 없지."

말과 함께 천운백의 모습이 사라졌다.

곡산까지는 제법 거리가 있었지만 천운백은 놀라울 정도로 빠르게 그곳에 도착했다.

서찰을 전달받고 고작 이틀.

천운백은 곡산에 들어서고 있었다.

처음 받은 서찰에 목적지를 가리키는 간략한 지도가 그려져 있었기에, 그는 어렵지 않게 가야 할 곳을 찾아 움직이고 있었다.

점점 해가 지며 조금씩 어둠이 찾아오는 곡산.

그런 곡산을 걷는 천운백의 주변으로 하나둘씩 기척이 감지되기 시작했다.

바로 그 순간.

파라라락!

바람을 가르는 소리와 함께 대략 오십여 명에 달하는 무인들이 천운백을 둘러쌌다. 한눈에 봐도 제법 실력 있는 무인들이 순식간에 포위망을 구축했거늘 천운백의 얼굴엔 당황스러움 같은 건 전혀 느껴지지 않았다.

반대로 그를 포위한 오십여 명에 달하는 무인들의 얼굴에는 긴장한 기색들이 역력했다.

그럴 수밖에 없었다.

상대는 천운백.

천하제일인이라고 불러도 될 상대였으니까.

잠시 걸음을 멈추어 선 천운백이 가볍게 주변을 스윽 둘러봤다. 그러고는 이내 그가 미소를 머금은 얼굴로 말했다.

"환영 인사치고는 너무 소박하군."

당장이라도 터져 나올 것만 같은 강렬한 기세에 에워싸고 있던 무인들이 움찔하며 뒷걸음질 쳤다. 그러자 그들 중 하나가 재빠르게 앞으로 나섰다.

"오해 마시지요. 모시러 왔습니다."

애초에 이 정도 인원으로 어찌할 수 있는 상대가 아니었다. 그들은 천운백을 목적지까지 안내해 주는 역할을 맡았고, 그랬기에 지금 이렇게 모습을 드러낸 것이다.

상대의 말에 슬쩍 손을 들어 올리려던 천운백이 움직임을 멈췄다.

그런 그의 모습에 포위망을 형성하고 있던 무인들의 낯빛이 조금이나마 밝아졌다.

앞으로 나섰던 무인이 서둘러 말을 이었다.

"그럼 절 따라오시죠."

말과 함께 그가 앞장서서 걸어 나갈 때였다.

그 사내의 뒤를 몇 걸음 쫓아 걷던 천운백이 갑자기 입을 열었다.

"아 참, 그런데 말이야."

"예?"

뒤를 돌아보며 되묻는 상대를 바라보며 천운백이 간단하
지만, 이곳에 있는 모두를 기겁하게 만드는 한마디를 내뱉
었다.

"길 안내는…… 한 명이면 충분하지 않은가?"

말이 끝남과 동시에 천운백의 몸 주변으로 터져 나온 강
렬한 기운!

안도하던 무인들의 낯빛이 순식간에 흐려졌다.

그리고…….

퍼엉!

폭풍우가 휘몰아쳤다.

*　　　*　　　*

터벅터벅.

발걸음을 내딛는 십천야 쪽의 무인은 이미 피투성이였
다. 목숨은 붙어 있었지만, 그의 얼굴은 새하얗게 질려 있
었고, 양쪽 팔의 뼈는 완전히 박살이 나 있었다.

멀쩡한 것은 그저 안내를 위한 두 개의 발뿐이었다.

그래도 스스로의 실력에 제법 자신이 있는 무인들이었다. 하지만 그런 그들이 박살 나는 건 그저 눈 몇 번 깜빡이는 정도의 시간이면 충분했다.

압도적인 힘.

그것을 절절히 느낄 수밖에 없는 싸움이었다.

천운백의 공격 몇 번을 받아 내지 못하고 십천야를 따르는 그들이 모조리 쓰러졌다.

너무도 큰 힘을 목도한 탓에 그는 이미 전의조차 잃은 채로 멍하니 걷고만 있었다.

힘겹게 걸음을 옮기는 그의 뒤를 따라 걷던 천운백이 입을 열었다.

"너무 늦는 것 같은데."

그 한마디에 기겁한 듯 사내가 보다 속도를 높였다.

제법 큰 산길을 따라 움직이고 있었는데, 어느 순간 길이 점점 좁아지기 시작했다.

지금 천운백이 안내를 받고 있는 곳은 바로 협곡 안쪽이었다. 양쪽이 높은 곡벽으로 막혀 있는 깊고 좁은 골짜기를 계속해서 나아가야만 했다.

그렇게 협곡 깊숙한 곳에 다다랐을 무렵, 두 사람이 향하고 있는 길목 위에 집 한 채가 자리하고 있는 게 보였다.

집 안쪽에서는 누군가의 기척이 느껴졌다.

그리고 그건…… 비단 저 집에서만이 아니었다.

천운백이 슬쩍 하늘을 올려다봤다.

아니, 정확히 말하자면 협곡 위쪽으로 시선을 줬다고 해야 옳을 게다.

천운백이 자신도 모르게 피식 웃었다.

'날 어떻게 죽이나 했는데 이런 식이로군.'

모습을 숨기고 있다지만 협곡 위에 몸을 감추고 있는 무인들의 기척은 이미 감지한 상태였다. 높이가 높아 거리가 제법 되는 탓에 정확한 숫자까지 파악하지는 못했지만, 정확히 느껴지는 이들만 해도 삼사백은 족히 되는 듯했다.

그렇다면 아마 이보다 갑절 이상의 숫자는 예상해야 할 터인데……

잠시 위쪽으로 시선을 주는 사이, 길을 안내했던 사내가 바짝 긴장한 어투로 말했다.

"저, 저기에 계십니다."

"그런가? 고생했네."

말과 함께 천운백의 손이 움직였다.

퍼억!

목 뒤를 강하게 얻어맞은 그는 그대로 바닥에 고꾸라졌다.

위험한 함정이라는 걸 알면서도 천운백은 애초의 예정대로 앞에 있는 집으로 다가갔다.

위에 몸을 감추고 있는 이들도 자신들의 정체가 드러났음을 모르지는 않을 터. 그럼에도 불구하고 그들은 조용히 때를 기다리고 있었다.

거침없이 나아가던 천운백이 마침내 목적지에 도착했다.

입구에 선 그가 잠시 말없이 문을 바라봤다.

천하의 천운백의 몸이 작게 떨리고 있었다.

죽는 게 두려워서?

아니, 그런 이유 따위가 아니었다.

이 안에 그녀가 있으니까.

평생을 사랑했던 여인인 조수아가 문 너머에 있다는 사실을 알기 때문이다.

떨리는 마음을 진정시킨 천운백이 담담하게 문을 열고 안으로 들어섰다. 밤이라 바깥은 어두웠지만, 내부는 불이 켜져 있는 덕분에 한결 밝았다.

그렇게 천운백의 두 눈에 들어온 방 내부의 모습.

특별할 것 하나 없는 단출한 방에는 의자 하나가 놓여 있었다. 그리고 거기엔 두 눈은 부릅뜨고 있지만, 혈도를 점혈당한 탓에 말도 하지 못하고, 움직일 수도 없는 조수아가 자리하고 있었다.

그녀는 천운백의 등장에 더욱 놀란 듯 눈을 치켜떴다.

천운백이 조수아를 향해 빠르게 다가갔다.

그러고는 이내 손을 움직여 점혈 당한 그녀의 혈도를 풀어줬다.

혈도가 풀리며 움직일 수 있게 된 바로 그 순간.

조수아가 양손으로 천운백의 어깨를 움켜잡으며 소리쳤다.

"도망쳐요! 함정이에요!"

너무도 그리웠던 사람.

그렇지만 지금은 어떻게든 이것이 함정이고, 그를 도망치게 하는 것이 먼저였다.

다급한 조수아의 외침이 울려 퍼졌지만, 그녀를 바라보는 천운백은 평온했다.

그가 조수아의 얼굴을 지그시 바라보며 입을 열었다.

"잘 지냈는가?"

"지금 그런 말 할 때가 아니에요! 어서 도망치지 않으면 당신이⋯⋯."

"어차피 도망치지 못해. 이미 완전히 포위됐고, 저들은 우리한테 벽력탄을 쏟아부을 테니까. 아마 나가는 순간 기다렸다는 듯 쏟아 낼 걸세. 차라리 이 기회에 밀린 이야기를 나누는 것도 나쁘진 않은 것 같은데."

협곡으로 안내받을 때부터 그들이 어떠한 짓을 벌일지 이미 천운백은 알고 있었다. 제아무리 도망치기 힘든 장소라고 해도 상대는 천룡성의 주인이었던 천운백이다.

그런 그와 정면 격돌을 펼친다면 제아무리 십천야라고 해도 그 피해는 상상 이상일 것이다.

당연히 그들이 택할 방법은 너무도 간단했다.

협곡 안쪽에 자신들을 둔 채로 위에서 벽력탄을 쏟아 내는 것이다.

수백 개를 넘어, 수천 개에 달하는 벽력탄이 두 사람이 자리한 이곳으로 떨어질 것이고 협곡 안쪽은 원래의 모습을 찾아보지 못할 정도로 무너져 내릴 게 분명했다.

시체는커녕, 한 조각의 뼈마저 찾지 못할 정도로 엉망이 될 게다.

담담하게 말을 받는 천운백의 모습에 조수아가 설마 하는 표정으로 물었다.

"당신…… 알면서 온 거예요?"

"그럼."

"왜 그런 짓을 했어요! 알면서 왜…….."

"자네를 혼자 둘 순 없지 않은가."

씩 웃으며 내뱉는 천운백의 그 한마디에 조수아는 왈칵 눈물이 쏟아질 것만 같았다.

그녀가 애써 눈물을 참으며 퉁명스레 말했다.

"당신은 여전히 바보네요."

"허허, 그 말투 참으로 그리웠네."

서로를 마주 보고 선 두 사람의 입가에는 자신들도 모르게 미소가 걸렸다.

어느덧 백발이 성성한 나이가 되어 마주한 두 사람. 그렇지만 이 순간만큼은 처음 만났던 풋풋한 젊은 그때로 돌아간 듯한 기분이었다.

젊었을 때의 기억이 떠오르자 조수아가 억울하다는 듯 말했다.

"그거 알아요? 이십 년 만이에요. 당신과 제가 마주한 게."

너무 무신경한 거 아니냐는 듯 말하는 그녀를 향해 천운백이 답했다.

"아니, 넉 달 만이네."

"그게 무슨……."

"자네가 보고 싶어서 몰래 화산파에 찾아갔었거든. 멀리서 얼굴만 보고 왔으니 몰랐으려나."

비단 이번뿐만이 아니었다.

천운백은 시간이 날 때면 언제나 그녀를 보러 화산파에 들르곤 했다.

알아차리기 힘들 정도로 먼 곳에서 조용히 얼굴만 보고 사라지긴 했지만 말이다.

생각하지도 못한 말에 조수아는 깜짝 놀랐다.

자신을 잊지 않고 찾아왔었다는 천운백의 말에 그녀는 진심으로 기뻤다. 하지만 또 한편으로는 원망스러웠다.

"왔으면 찾아오지 그랬어요."

"한동안 계속 표적이 되어 와서 말이야. 자네를 위험에 빠트리고 싶진 않았네."

조수아를 십천야에게서 지키고 싶었다.

물론 이번 일이 벌어진 것을 보면 그 모든 노력은 허사였지만 말이다.

조수아가 천운백의 앞으로 다가갔다.

그렇게 마주 본 상태에서 그녀가 천천히 천운백의 품 안으로 다가갔다. 그러자 기다렸다는 듯 천운백은 가슴팍으로 파고드는 조수아를 꽉 안아 주었다.

만지고 싶었고, 함께 이야기도 나누고 싶었다.

오랜 시간 그토록 바라 왔던 일들이 지금 이루어지고 있었다.

죽음을 목전에 둔 사지에서 말이다.

품에 안긴 조수아가 속삭였다.

"그래도 다행이에요. 당신 품 안에서 죽을 수 있어서."

절대 떨어지지 않겠다는 듯 더욱 안겨 오는 조수아를 강하게 끌어안고 있던 천운백이 답했다.

"자네가 마지막을 맞을 때 이렇게 꽉 안아 주고 있겠다

약속하지. 하지만…… 그게 지금이면 좀 억울하지 않겠는가. 이제 막 만나서 아직 나누고 싶은 이야기도 다 못했는데 말이야."

"네? 그게 무슨……."

이해가 안 간다는 듯 물어 오는 조수아.

천운백이 그녀를 내려다보며 뜻 모를 미소를 지어 보였다.

그리고 바로 그 순간.

부웅! 붕!

주변으로 뭔가가 날아드는 소리가 귓가로 파고드는 찰나 천운백이 보다 강하게 그녀를 끌어안았다.

그가 서둘러 말했다.

"꽉 잡게."

동시에 조수아를 꽉 안은 반대편 손바닥 위로 하얀빛이 피어올랐다.

그리고 이내 주변을 뒤덮는 폭발이 일었다.

콰앙! 쾅!

                    *   *   *

십천야를 따르는 무인들은 협곡 위쪽에 숨죽인 채 대기하고 있었다. 그들을 진두지휘하고 있는 자운이 천운백이

들어선 집을 바라보며 작게 중얼거렸다.

"왜 안 나오는 거야?"

안에 있는 조수아를 보자마자 그녀를 데리고 곧장 바깥으로 뛰쳐나올 거라 생각했다.

그가 협곡 위쪽에 숨어 있는 자신들을 눈치채지 못했을 리는 없을 터.

그런데도 불구하고 아무런 반응도 하지 않으니 이상할 따름이었다.

"흐음."

허리를 편 채로 아래를 내려다보던 자운이 슬쩍 뒤편을 바라봤다. 협곡의 양쪽으로 오백에 달하는 무인들을 대기시켜 놨다.

이들은 양손에 벽력탄을 하나씩 들고 있었는데, 이건 보통 물건이 아니었다.

일반 벽력탄이었다고 해도 이 정도 양이면 살아 나올 수 없을 정도의 폭발이 일대를 휩쓸 것이다. 그렇지만 지금 준비한 건 보통 벽력탄의 몇 곱절이 되는 화력을 지닌 물건이었다.

뇌신적벽탄이라 불리는 무시무시한 놈으로, 하나를 만들어 내는 것에만 해도 엄청난 금액이 소모된다. 그런데 그런 물건을 무려 천 삼백 개나 준비했다.

단 한 명을 죽이기 위해서.

누군가 듣는다면 이 무슨 말도 안 되는 멍청한 짓이냐 할지 모르지만…… 상대가 천운백이라면 이야기가 다르다.

그만한 가치가 있는 상대였으니까.

협곡 아래에 위치한 건물을 내려다보던 자운이 생각했다.

'시간이라도 끌려는 건가?'

천운백의 입장에서는 벽력탄까지 생각하지 못했을 확률도 있다는 판단이 섰다. 그렇다면 자신들이 내려오길 기다렸다가, 좁은 길목에서 상대하려는 계획일 수도 있다는 생각이 들었다.

생각이 거기에 미치자 자운은 비웃음을 흘렸다.

"고작 머리를 굴린 것이 그 정도인가? 뭐 지금 같은 상황에 살아 나갈 별다른 수도 없겠지만 말이야."

천운백이 무슨 생각을 하는지 정확히는 알 수 없으나 자운은 정면에서 싸워 줄 생각이 전혀 없었다.

오늘 이곳에서 천운백의 숨을 끊어 주는 것은 바로 이 뇌신적벽탄일 테니까.

자운이 손을 들어 올렸다.

동시에 그가 짧게 말했다.

"준비."

바깥으로 나와서 살기 위해 몸부림치는 모습을 보았다면 더 좋았겠지만…… 어차피 저 안에 있는다 해서 달라질 건 없었다.

자운이 손가락으로 두 사람이 몸을 감추고 있는 집을 가리키며 소리쳤다.

"투하!"

명령이 떨어지는 순간이었다.

협곡 양쪽에 위치한 무인들이 두 사람이 숨어 있는 곳을 향해 양손에 들린 뇌신적벽탄을 날려 보냈다.

순식간에 바닥으로 떨어진 뇌신적벽탄들이 굉음을 토해냈다.

콰앙! 쾅! 쾅!

폭음이 쉼 없이 이어졌다.

귓가가 얼얼할 정도의 충격음이 터지는 것과 동시에 주변의 지반이 흔들렸다. 지진이라도 난 것처럼 협곡 위가 부르르 떨렸고, 동시에 엄청난 먼지와 불길이 주변으로 솟구쳤다.

그리고 그런 협곡의 끝자락에 선 채로 아래를 내려다보던 자운이 얼굴을 감싸 쥐며 웃음을 터트렸다.

"푸하하!"

유쾌했다.

무림에서 가장 강하다는 무인을 자신이 죽인 거니까.

기분 좋다는 듯 웃던 자운이 이내 옆에 있는 수하들을 향해 말했다.

"혹시 모르니 남은 뇌신적벽탄도 모조리 던져 넣어."

그 말을 끝으로 자운은 몸을 돌려 움직였다.

뇌신적벽탄의 표적이 되어 집중 투하를 당한 지금, 천운백이 살아 있을 리 만무했다.

성큼성큼 걸어가는 자운의 얼굴에 자신만만한 표정이 피어올랐다.

천운백의 죽음.

그것은 새로운 시대가 열렸음을 의미하는 것이기도 했으니까.

주먹을 움켜쥔 그가 흙먼지 속을 걸으며 나지막이 중얼거렸다.

"천룡이 죽었으니, 이제 십천야의 세상이다."

3장. 거짓과 거짓
— 입맛이 없어서

　천무진이 십천야의 본거지에 몸담고 얼마간의 시간이 흘렀다.

　그동안 천무진의 생활은 더욱 단순하게 변해 있었다. 하루의 대부분을 연무장에서만 보내야 했고, 그 외의 활동은 거의 없다고 봐도 무방했다.

　천룡비공을 익히기 위한 특단의 조치로 보이기도 했지만…… 사실 이건 천무진의 의지라고만 볼 수는 없었다.

　천룡비공을 완성시키고, 그로 인해 천룡성의 진짜 힘인 천룡혼을 얻고자 하는 천지광의 욕심이 개입되어 있었으니까.

천무진이 천운백에게서 천룡비공의 비기까지 전수받은 그날 이후로 그는 세상의 어떠한 일에도 별다른 관심을 가지지 않았다.

어차피 천룡혼을 건네받고 과거로 돌아간다면 지금 손에 쥐고 있는 이 모든 건 순식간에 사라질 신기루와도 같은 것들이다.

지금 천지광의 관심을 끄는 건 오로지 하나.

천무진이 천룡비공을 완성시키는 것뿐이었다.

오늘도 언제나와 마찬가지로 하루 종일 연무장에 박혀 있던 천무진이 천천히 눈을 떴다.

계속해서 이어진 내공심법으로 인해 천무진은 무척이나 지친 상태였다.

천룡비공의 절초인 천추나락을 완성시키기 위해서는 보통 무공에서 사용되는 것보다 훨씬 커다란 기운이 필요했고, 그러기 위해서는 보다 많은 양의 내공을 움직일 수 있도록 혈도를 넓히는 게 기본이었다.

천운백은 천무진에게 두 시진 이상 이 심법을 펼치지 말라고 당부했었다.

그만큼 몸에 부담이 가기 때문이다.

그렇지만 천지광은 달랐다.

한시라도 빨리 천룡혼을 완성시키길 바라는 그였기에 천

무진의 몸 따위는 전혀 신경 쓰지 않고 더욱 많은 시간을 내공심법에 투자하기를 바랐다.

그의 명령이라면 뭐든지 따를 수밖에 없는 천무진으로서는 최대한 몸 상태를 유지할 수 있는 선에서 내공심법에 쓰는 시간을 늘릴 수밖에 없었다.

그렇게 하루에 세 시진 반 이상이나 혈도를 넓히는 데 사용했다.

몸 안에서 계속 폭발하듯 충격이 일었고, 천무진은 그 모든 고통을 고스란히 감내할 수밖에 없었다.

힘겹게 눈을 뜬 천무진이 슬쩍 입을 열었을 때였다.

주르륵.

한 줄기 피가 입술 사이로 흘러내렸다.

천무진이 살짝 표정을 찡그렸다.

"젠장."

몸 상태가 말이 아니었다.

다행히 심각한 내상을 입거나, 큰 문제가 생긴 것까지는 아니었지만 무리하게 상황을 진전시키는 만큼 돌아오는 그 모든 피해는 오롯이 천무진의 몫이었다.

몸을 일으켜 세운 천무진은 힘겹게 팔을 들어 올렸다.

사지가 안 아픈 곳이 없을 정도였고, 입안에서는 계속해서 비릿한 피 맛이 느껴진다. 머리는 어질어질했고, 속에서는 구역질이 치밀었다.

지친 탓에 점점 시야가 어지러워지자 억지로 머리를 흔들어 정신을 차린 그가 조금씩 걸음을 옮겼다.

더는 몸이 버텨 내지 못할 것 같아 조금이나마 침상에 몸을 눕히기 위해서였다.

그렇게 천무진이 막 연무장을 벗어났을 때였다.

그가 나오기 무섭게 입구 바깥쪽에서 누군가가 빠르게 다가왔다.

상대가 갑작스레 다가왔지만 천무진은 별반 놀라지 않았다.

그가 누군지 알았으니까.

상대는 사십 대 중반 정도의 사내였다. 평범한 얼굴의 그는 언제나 이곳에서 무표정하게 천무진을 기다리고 있었다.

지금처럼 커다란 쟁반 하나를 든 채로.

사내가 말했다.

"드시지요. 어르신이 준비해 주셨습니다."

그가 내미는 쟁반 위에는 커다란 약사발을 비롯한 몇 가지 것들이 자리하고 있었다. 다친 속을 달래기 위한 각가지 약들과 몸에 좋은 영약들이었다.

천지광은 천무진에게 무슨 문제가 생기는 걸 누구보다

원치 않았다.

그랬기에 이처럼 몸에 좋은 약들로 최대한 상태를 관리해 주고 있었다.

억지로 자신을 쥐어짜면서 약까지 챙겨 주는 행태가 마음에 들지는 않았지만 천무진은 별다른 말 없이 쟁반 위에 자리하고 있는 약사발을 들어 올렸다.

꿀꺽꿀꺽.

약사발에 담긴 것을 단숨에 목으로 넘긴 천무진이 단환 하나를 입에 넣고 내상을 회복시키고 있는 그때였다.

사내가 조심스레 입을 열었다.

"그리고 오늘부터 공자님을 옆에서 모실 분이 오셔서 소개시켜 드리라는 명을 받았습니다."

"나한테?"

누군가를 옆에 붙이겠다는 이야기는 전혀 듣지 못했다. 그리고 말로는 모신다고 하지만, 옆에 붙일 그 당사자가 감시자와 다를 바 없을 거라는 사실을 천무진이 모를 리가 없었다.

그랬기에 지금 누군가가 옆에서 모실 거라는 사내의 말이 그리 달갑게 들리지 않았다.

그 순간 사내가 뒤편으로 고개를 돌려 말했다.

"오시지요."

승낙이 떨어지자 그제야 문 바깥에서 기다리고 있던 누군가가 안쪽으로 조심히 들어섰다.

상대가 누구인지는 관심 없고, 그저 천지광이 자신의 옆에 감시자를 붙였다는 사실에 집중하고 있던 천무진이다. 하지만 막 상대가 시야에 들어오는 순간 그의 표정이 급변했다.

모습을 드러낸 상대는 천무진이 너무도 잘 아는 사람이었다.

천무진이 떨리는 목소리로 입을 열었다.

"영감이 왜 여기에……."

"오랜만에 뵙습니다. 작은 주인님. 아니 이제는 다르게 불러야 할까요?"

자신을 향해 허리를 굽히는 상대는 다름 아닌 남윤이었다.

잠시 당황했던 천무진이었지만 이내 그의 표정은 싸늘하게 변했다. 이곳에 모습을 드러냈다는 의미는 단 하나뿐이었으니까.

"영감도 배신자였군."

말을 내뱉는 천무진의 목소리에는 많은 감정이 담겨 있었다.

그리고 그중 가장 큰 것은 사부인 천운백에 대한 안타까움이었다.

가장 믿고 지냈던 측근인 두 사람 모두가 십천야였다니…….

최대한 감정을 드러내지 않으려 하고 있었지만 오랜 시간 천무진을 옆에서 봐 온 남윤은 지금 그의 심기가 매우 어지럽다는 사실을 알아차렸다.

물론 남윤은 배신자가 아니었고, 현재 천무진이 어떠한 상황인지도 알고 있었다.

그렇지만…….

'죄송하지만 조금만 더 속아 주셔야겠습니다. 작은 주인님.'

남윤은 자신의 진짜 정체를 천무진에게 알릴 생각이 없었다.

그건 지금 천무진의 상황 때문이었다.

천무진에게 이 진실이 들어간다는 건 곧 천지광에게도 알려질 가능성이 생긴다는 의미였다.

그랬기에 남윤이 사실은 이중 첩자로 천운백과 천무진을 뒤에서 돕고 있던 조력자라는 사실은 감춰야만 했다.

바로 지금 이 순간까지도.

상황이 이러했기에 오히려 남윤은 더욱 뻔뻔하게 나섰다.

"이렇게 다시 모시게 될 줄 몰랐습니다. 그쪽에서의 일이 어찌 되었든 다시 한번 잘 부탁드리지요."

"……그러든지."

미묘하게 변해 있는 말투가 의미하는 감정이 자신에 대한 분노라는 걸 알면서도 남윤은 전혀 아랑곳하지 않았다.

지금은 이것이 최선이라는 걸 알았으니까.

옆으로 비켜선 남윤이 짧게 말했다.

"가시죠. 모시겠습니다."

남윤과 함께하는 것이 무척이나 불편했지만, 지금은 천지광의 눈 밖에 나지 않도록 최대한 조용히 지내는 게 목적이었다.

그리고 설령 그럴 필요가 없다 한들 천무진은 남윤에게 화를 낼 만한 상황이 아니었다.

이유가 어찌 됐든 자신 또한 배신자인 건 마찬가지였으니까. 이런 상황에서 자신이 그에게 손가락질을 한다는 것 자체가 우습지 않은가.

그랬기에 천무진은 들끓는 속을 꾹 참으며 자신의 거처를 향해 나아갔다.

그의 뒤로 따라붙은 남윤이 천무진의 안색을 살피다 입을 열었다.

"식사는 어떻게 할까요? 요즘 통 못 드신다던데 특별히 좋아하시던 음식으로 제가……."

"아니."

평소 천무진은 남윤의 음식을 무척이나 좋아했다.

일행들에게 그의 음식 실력을 자랑할 정도로 말이다.

하지만 이젠 아니었다.

남윤의 말을 잘라 낸 천무진이 슬쩍 그를 바라보며 천천히 말을 이었다.

"입맛이 없어서."

                    *   *   *

천무진과 떨어지게 되긴 했지만 백아린은 여전히 바빴다. 그녀는 비밀리에 천무진을 위한 일들을 하고 있었고, 그뿐만이 아니라 십천야 쪽에서 들어오는 의뢰 또한 전담하는 상태였다.

아직까지는 적화신루를 신뢰하지 않는 건지 자잘한 의뢰들이 전부긴 했지만, 이 또한 꽤나 많은 시간을 잡아먹는 것들이었다.

덕분에 백아린의 하루는 쏘아진 화살처럼 지나가기 일쑤였다.

"하아."

의자에 걸터앉은 그녀가 짧게 한숨을 내쉬었다.

그러자 옆에 있던 한천이 웃는 얼굴로 농담을 던졌다.

"어휴, 며칠 못 보셨다고 그리도 보고 싶으십니까?"

천무진과 헤어진 지도 열흘이 훌쩍 지났다.

종종 서찰을 통해 연락을 보내오긴 했지만, 얼굴을 보는 건 생각보다 쉽지 않았다. 사실 백아린은 이미 그가 그리 멀지 않은 곳에 위치하고 있다는 사실을 알고 있었다.

헤어진 지 얼마 되지도 않아 서찰이 날아왔고, 그것만으로 어느 정도 떨어져 있는지 대충 유추할 수 있었기 때문이다.

한천의 장난기 어린 말에 백아린이 답했다.

"그러게. 밥은 잘 먹고 지내는지 걱정이네."

한천은 농담을 던졌거늘 백아린은 진지한 고민에 빠져 있었다.

사실 적진으로 스스로 들어간 천무진의 판단에 걱정이 되지 않을 수 없었다. 그곳에서는 무슨 일이 생겨도 외부에 있는 자신으로선 전혀 도울 수 없었으니까.

그리고 천지광이 천무진에게 무슨 짓을 벌일지도 알 수 없었다.

허나 이것이 천무진의 선택이었고, 가장 위험하지만 지금으로선 그만큼 가능성이 있는 방법이기도 했다.

천무진과 헤어지고 난 이후 백아린과 한천은 새로운 거처로 안내받았다.

장소는 그대로 형동이었고, 그곳은 세 채의 건물이 있는 자그마한 장원이었다.

현재 두 사람은 몇 명의 식솔이 딸린 그곳에서 지내고 있었다.

두 사람과 식솔을 제외하고는 아무도 찾지 않는 곳.

그렇지만 사실 백아린이나 한천 두 사람 모두 그곳이 불편할 수밖에 없었다. 식솔들로 보이지만 그들 또한 십천야의 사람들이다.

한마디로 두 사람의 일거수일투족이 모두 그들의 수장에게 보고가 된다는 의미였다.

그랬기에 천무진을 위한 뭔가를 할 때는 외부에 자리한 곳에서 일을 처리하곤 했다.

바로 지금처럼.

끼이익.

문이 열리기 직전부터 누군가가 다가오고 있다는 사실을 눈치채고 있던 두 사람이다. 그리고 이내 열린 문을 통해 죽립을 쓴 방문객이 모습을 드러냈다.

얼굴은 보이지 않았지만 두 사람 모두 상대가 누군지 알고 있었다.

오늘 이곳으로 오기로 한 사람.

바로 의선이었다.

자리에 앉아 있던 백아린과 한천이 동시에 몸을 일으켜 세웠다.

"오셨습니까?"

한천이 먼저 상대를 반갑게 맞았고, 이내 의선이 얼굴을 가리고 있던 죽립을 벗었다.

"다들 기다리고 있었군."

의선은 현재 이들에게 있어 아주 중요한 일을 맡아 주고 있었다.

천무진의 몸을 지배하고 있는 자모충.

그것에 대해 더욱 자세히 알아내고, 또 그것을 고칠 방도를 찾고 있는 중이었다.

한시가 급한 상황이었기에 의선은 마교를 떠나 천무진과 가까운 이곳으로 새로운 거점을 잡은 상태였다.

물론 이 일은 아주 은밀히 진행되었고, 절대 드러나서는 안 되는 일이기도 했다.

의선의 움직임이 십천야에게 들키지 않은 것은 바로 그들의 눈과 귀가 되어 주었던 귀문곡이 적화신루에게 먹혀 버린 덕이다.

그리고 현재 십천야에게 필요한 정보를 제공하는 것 또

한 적화신루였으니 이 정도의 건수를 감추는 건 일도 아니었다.

거기다가 현재 천지광은 천룡혼을 제외하고는 주변의 일에 전혀 관심을 두지 않고 있는 상황.

덕분에 의선은 생각보다 수월하게 은밀히 움직일 수 있었다.

백아린이 준비해 둔 비밀 거처에 들어선 의선이 물었다.

"준비는 다 되었는가?"

"네, 필요하신 것들의 준비는 다 끝내 놨어요."

의선은 미리 연구를 위해 필요한 것들에 대해 백아린에게 의뢰를 해 두었고, 덕분에 도착하기도 전에 모든 것이 구비되어져 있었다.

다행이라는 듯 고개를 끄덕이는 그를 향해 백아린이 물었다.

"혹시 뭔가 더 알아내신 거라도 있으신가요?"

"있네."

물어 오는 질문에 의선이 곧바로 답했다.

검산파에서 훔쳐 온 붉은 보석과 자모충에 대해 계속해서 조사를 이어 오던 의선이었다. 천무진의 치료에 있어 가장 막대한 역할을 수행하고 있는 그가 무언가 더 알아냈다는 말에 백아린이 눈동자를 빛내며 질문을 던졌다.

"뭐죠?"

"일전에 자네도 그 자리에 함께해서 알 걸세. 그 붉은 보석으로 인해 천 공자가 엄청나게 고통스러워했던 걸."

"기억해요. 그런데요?"

"그 사실에 대해 연구하다 이상한 점을 발견했네. 제아무리 몸 안에서 살고 있는 자모충이라고 해도 그렇게 긴 시간 붉은 보석에 노출되면 죽어도 몇 번은 죽었어야 할 정도였거든. 그런데도 자모충은 살아 있었지. 그 부분이 이상하다 싶어 조사를 해 봤는데…… 자모충 중에 특별한 놈이 있더군."

자모충은 일반적으로 어미와 새끼로 구성된 한 쌍의 벌레다.

그렇지만 그중에서 특별한 존재가 있었으니 그건 바로…….

"여왕자모일세."

"그런 게 있어요?"

"그렇다네. 자모충 자체가 구하기 힘든 벌레인데, 개중에서도 여왕자모는 아주 특별하지. 그만큼 대단한 생명력과 더욱 강한 효과를 발휘하는 놈이야. 아마도 천 공자의 몸 안에 심어져 있는 자모충은…… 여왕자모가 아닐까 싶네."

보통의 자모충이었다면 붉은 보석을 훔치던 당시나, 자신과 함께 실험을 했던 그날 천무진의 몸 안에서 사라졌어야 하는 상황이었다. 하지만 여왕자모라면 이야기가 조금 달랐다.

제거하는 것에 있어 더욱 어려울 게 분명했고, 어쩌면…… 불가능한 일이 될지도 모른다.

하지만 그 불가능을 어떻게든 해내는 것.

그것이 지금 의선이 해야 할 일이었다.

백아린이 간절한 표정으로 말했다.

"부탁할게요. 의선 어르신."

그런 그녀를 향해 의선이 고개를 끄덕이며 답했다.

"맡겨 주게."

*　　　*　　　*

긴 꿈을 꾸었다.

그것도 지독한 악몽을.

끔찍한 악몽에 고통받던 천무진은 정신이 돌아오기 무섭게 침상에서 벌떡 몸을 일으켜 세웠다.

식은땀이 가득한 얼굴로 그가 거친 숨을 내쉬었다.

"혁혁!"

천무진은 땀으로 범벅인 얼굴을 손바닥으로 쓸어내렸다.

바깥은 아직도 무척이나 어두웠다.

보아하니 한 시진 정도밖에 자지 못한 것 같은데 꿈은 꽤나 길었다.

어린 시절의 행복했던 기억들.

그런데 갑자기 돌변한 자신이 천운백의 가슴에 직접 칼을 꽂아 넣었다.

피가 분수처럼 솟아올랐고, 그걸 뒤집어쓴 자신이 악마처럼 웃고 있었다.

그 모습을 보는 순간 천무진은 소스라치게 놀라 잠에서 깨고야 만 것이다.

꿈이라는 걸 알지만 그럼에도 불구하고 기분은 불쾌했다.

다른 때도 아니고 사부에게 위험이 닥쳐 있는 이런 상황에 이 같은 끔찍한 악몽이라니…….

그때였다.

"괜찮으십니까?"

천무진이 낸 소리를 들은 것인지 바깥에서 대기하고 있던 남윤이 안으로 들어섰다.

천무진이 그를 노려보며 말했다.

"들어오라고 허락한 적 없는 거 같은데?"

"……그렇군요."

"됐으니 당신은 나가 봐."

항상 영감이라 불렀던 친숙한 칭호도 이미 사라져 있었다.

천무진의 싸늘한 명령에 남윤은 방을 나갔고, 혼자 남은 그는 손바닥으로 얼굴을 감쌌다.

"후우."

깊은 한숨을 내뱉던 천무진이 고개를 돌려 옆을 바라봤다. 창문을 통해 바깥을 응시하고 있는 그의 머릿속은 무척이나 복잡했다.

'무사하십니까?'

그곳에 가면 죽는다고 말해 줬음에도 불구하고 자신의 선택을 바꾸지 않은 천운백이다. 그러면서 그는 호언장담을 했다.

절대 죽지 않겠다고.

사부는 언제나 약속을 지키는 사람이었다.

그래서 어떻게든 죽지 않을 거라 그렇게 믿고 싶었지만…… 알고 있다. 살아서 돌아온다는 것이 결코 쉬운 일이 아니라는 걸.

다른 이도 아닌 천운백을 죽이기 위해 나섰는데 얼마나 커다란 함정을 준비해 두었겠는가.

백아린을 통해 사부가 생존했는지를 확인하고 싶었다.

물론 백아린 또한 사부의 생존을 알아내는 건 어렵겠지만 말이다.

하지만 알아내기 쉽고 어렵고를 떠나 그것에 대해 알고자 시도조차 할 수 없는 게 지금 천무진의 상황이었다.

자신이 알면 천지광까지 알게 될 수도 있다는 걸 계속 염두에 두어야 하기 때문이다.

그랬기에 천무진은 아무런 것도 묻지 않았고, 알려고 하지도 않았다. 그래야 오히려 모두가 안전하다는 걸 알았으니까.

그렇게 시간은 계속 흘렀고 천무진의 마음은 답답해져만 갔다.

다시 잠을 청하기 위해 자리에 누웠지만, 결국 심란한 마음으로 인해 눈을 붙이지 못한 그가 몸을 일으켜 세웠다.

차라리 이럴 때는 몸을 쓰는 쪽이 더 낫다는 걸 알아서다.

문을 박차고 연무장으로 향하는 천무진.

그리고 그런 그를 남윤은 억지로 걱정을 삼킨 채 바라보고 있었다.

이른 새벽부터 잠도 자지 않고 하루 종일 연무장에서만 시간을 보낸 탓에 천무진은 무척이나 기진맥진했다.

혼절할 정도로 움직였고, 소기의 목적을 달성한 몸은 침상에 눕는 즉시 곯아떨어져도 이상하지 않을 상태였다.

그렇지만 천무진은 자신의 방이 아닌 천지광의 집무실을 향해 걸어가고 있었다.

그 이유는 방금 전 날아든 연락 때문이었다.

천지광이 갑작스럽게 십천야 전원에게 소집 명령을 내렸고, 그 때문에 천무진 또한 피곤한 몸을 이끌고 모임 장소로 가야만 했다.

잠을 청하려던 계획을 변경하고 땀으로 엉망이 된 몸만 씻은 채 도착한 천지광의 집무실에는 아직 전원이 도착해 있지 않았다.

"여, 왔군."

반조가 웃는 얼굴로 천무진을 반겼다. 그렇지만 그는 시큰둥한 표정을 지은 채로 비어 있는 자리에 가서 앉았다.

그리고 그런 그의 맞은편에 자리한 주란은 불편한 표정을 지어 보였다.

천무진과 시선이 마주하는 것이 어색했는지 주란이 다른 방향을 향하며 말을 꺼냈다.

"매유검은 왜 매번 가장 늦게 오는 거야?"

"아직 정해진 시간은 안 됐잖아. 곧 오겠지."

반조의 대답에 주란은 끄덕거리면서 슬쩍 고개를 옆으로

돌렸다.

그녀가 속으로 툴툴거렸다.

'짜증 나.'

천무진은 그녀에게 여러 가지 의미로 불편하고 마음에 안 드는 상대였다.

몇 마디의 대화 이후 다시금 조용해진 집무실 내부에 방금 전 그들의 입에 오르내렸던 매유검이 나타났다.

그는 장포를 펄럭이며 자리에 가서 앉았다.

모두 들어서는 매유검을 향해 잠깐 시선을 주었지만, 그것이 전부였고 누구 하나 먼저 인사조차 건네지 않았다.

십천야라는 이름 아래에 있고, 하나의 목표를 향해 나아가는 이들.

그렇지만 이들 사이에 동료애 같은 건 전혀 느껴지지 않았다.

그렇게 집무실 내부의 공기가 무겁게 가라앉을 무렵.

누군가가 집무실의 입구로 다가오고 있었다.

물론 아직까지 이곳의 주인인 천지광이 나타나지 않은 상황이긴 하지만 그는 언제나 휘장 뒤편으로 모습을 드러내곤 했다.

그렇다면 지금 이 문으로 다가오는 사람의 정체는…….

덜컹.

집무실의 문을 열고 성큼 들어선 인물은 다름 아닌 자운이었다.

천운백을 죽이기 위해 산동까지 갔던 그가 마침내 돌아온 것이다. 그의 복귀에 자리에서 벌떡 일어난 주란이 입을 열었다.

"언제 돌아온 거야?"

"오늘 아침에 돌아왔다."

"갔던 일은…… 잘된 모양이네."

말과 함께 주란이 의미심장한 미소를 지어 보였다.

자운의 자신만만한 표정을 보니 일이 어떻게 되었는지는 굳이 듣지 않아도 알 것 같았다.

두 사람의 주고받는 대화에 조용히 앉아만 있던 천무진이 움찔했다.

자운이 무슨 일을 하러 움직였는지 알고 있는 탓이다.

순간 천무진의 눈앞이 새카맣게 변했다.

그리고 머리는 쇠망치로 세게 맞은 것처럼 어질거렸다. 앉아 있어서 망정이지, 만약에 서 있었다면 자신도 모르게 비틀거렸을 정도로 충격을 받은 상태였다.

'사부님…….'

사부인 천운백을 죽이기 위해 움직였던 그다.

그랬던 자운이 득의양양한 표정으로 눈앞에 있었다. 그

것이 의미하는 바가 과연 무엇이겠는가?

천무진이 손으로 슬쩍 입 부분을 가렸다.

분노로 인해 비틀리는 안면을 가리기 위해서였다. 그리고 동시에 천무진은 분을 참기 위해 이빨을 꽉 깨물었다.

좋다고 웃고 있는 자운과 주란을 보고 있노라니 당장이라도 자리를 박차고 몸을 날리고 싶었다.

하지만 그건 생각일 뿐, 막상 천무진은 가만히 앉아 있을 수밖에 없었다.

이 모든 일은 천지광의 명령으로 인해 이루어진 일이었기에 자신은 그걸 거역할 힘이 없었다.

고아였던 천무진에겐 부모님과도 같았던 사람.

그런 그의 죽음에 대해 전해 들으면서도 아무런 것도 할 수 없는 자신이 미치도록 싫었다.

그저 이렇게 들끓는 살의를 감추는 것만이 지금으로선 최선이었다.

'……자운 네놈을 반드시 죽인다.'

천운백은 자신에게 돌아오겠다고 했다.

반드시 돌아온다며 약속까지도 했었다.

그렇지만 천운백은 그 약속을 지키지 못한 것이다. 그런 그를 향해 천무진은 당장이라도 볼멘소리를 토해 내고 싶었다.

왜 약속을 지키지 않느냐고.

그러니까 가지 말라 하지 않았느냐며 말이다.

하지만 그런 불만조차도 이제는 토해 낼 수 없게 된 것이다.

천운백은 죽었으니까.

결국 과거와 똑같아진 사부의 운명에 천무진은 깊은 절망과 분노를 느꼈다.

천무진은 조용히 자신의 손바닥을 깨물었다.

당장이라도 터져 나올 것 같은 눈물을 감추기 위해서는 이것밖에 방법이 없을 것 같았다.

묘하게 변해 가던 천무진의 표정을 느껴서일까?

옆에 있던 매유검이 슬쩍 그에게 시선을 돌렸다.

그리고 그건 비단 매유검뿐만이 아니었다.

천무진의 스승인 천운백의 일이었으니 자연스레 모두의 관심이 그에게 쏠리는 건 당연지사였다. 그걸 알기에 천무진은 억지로 손을 내리며 태연한 표정을 지어 보였다.

동요해서는 안 된다.

패를 드러냈다가는 원수를 갚을 수 있는 마지막 기회조차 사라질지도 모르니까.

무표정한 얼굴.

그렇지만 그 이면에서 천무진은 울고 있었다.

처음 사부를 만났던 그 조그마한 꼬마가 되어 천무진은 계속해서 울었다.

참아야만 했고, 아무렇지도 않은 척 굴어야만 했기에 속에서 터져 나오는 울음은 더욱 슬플 수밖에 없었다.

천무진이 아무렇지 않은 척 연기를 이어 나가던 그때, 마침내 마지막 인물이 모습을 드러냈다.

휘장 너머에서 느껴지는 인기척에 다섯 명이 동시에 그쪽을 향해 시선을 돌렸다.

이내 휘장 안쪽에서 천지광의 목소리가 들려왔다.

"돌아왔구나."

자운이 임무를 잘 끝마쳤다는 보고만 전해 듣고, 막상 돌아온 그를 마주하는 건 지금이 처음인 천지광이었다.

눈엣가시 같았던 천운백을 죽였다는 사실에 천지광의 목소리는 무척이나 부드러웠다.

사실 마음 같아선 직접 천운백을 죽이고 싶었다.

하지만 그건 이번 생에서 해야 할 일은 아니었다. 천무진에게 천룡혼을 받아 보다 빨리 과거로 돌아가고 싶은 그다.

천운백을 직접 손봐 주는 건…… 다음 생이면 된다.

자신을 향한 부드러운 목소리에 한껏 기분이 들뜬 자운이 소리쳤다.

"보고하겠습니다. 어르신!"

말을 끝낸 그가 곧바로 포권을 취하며 부복했다.

자운이 말을 이었다.

"십천야의 자운, 어르신의 명을 따라 천룡의 숨을 끊고 돌아왔습니다."

고개를 치켜든 그의 얼굴에 자신감이 가득했다.

*   *   *

푸드득, 푸득.

두 마리의 말이 이끄는 마차 한 대가 산길을 따라 이동하고 있었다. 길이 넓지 않았기에 그곳을 이동하는 마차 또한 그리 크지 않았다.

그런데 마차를 몰고 있는 이는 마부가 아닌 무인이었다.

이십대 중반 정도 되어 보이는 사내는 보통 정도의 키에, 외모는 다소 투박하고 덩치는 살짝 있는 편이었다.

무인이기는 하지만 실력이 그리 빼어난 이는 아니었다.

그의 정체는 바로…… 방건이었다.

처음 천무진이 천룡성의 무인이라는 걸 감춘 채로 무림맹에 들어가 몸담았던 곳이 홍천관이다. 그런 그곳에서 함께 지냈던 그가 지금 움직이고 있었다.

홍천관 관주였던 금호의 손에 이끌려 십천야의 실험체

가 되었다가 천무진 덕분에 목숨을 구제받았던 방건은 이후 고향으로 돌아와 자신의 문파인 옥수문에서 지내고 있었다.

천무진 덕분에 목숨을 구제받았고, 이후 천룡성의 비밀 거점에 숨겨 둔 채로 치료까지 해 줬다.

천무진이 손을 써 준 덕분에 이제는 무림맹 때와 달리 평범하면서 행복하게 시간을 보내고 있었는데…….

그랬던 그가 갑자기 문파의 사람 하나 대동하지 않은 채로 산길을 달리고 있었다.

그것도 직접 마차를 몰면서 말이다.

방건이 들어선 곳은 원래의 형체를 알아보기 힘들 정도로 엉망이 된 협곡이었다.

사실 말이 협곡이지 이제는 폭발로 인해 아예 커다란 구덩이가 생겨 버린 장소였다. 더는 마차로 움직일 수 없었기에 방건은 마부석에서 내려왔다.

그러고는 엉망으로 변해 버린 그 공간 안으로 몸을 밀어 넣었다.

'폭발이 일었던 건 역시 여긴데…….'

대지를 울릴 정도의 커다란 폭발이 있었고, 그것이 어디였는지는 굳이 확인하지 않아도 알 수 있었다.

그만큼 이 인근은 완전히 박살이 나 있었으니까.

커다란 화산 구멍이라도 된 것처럼 움푹 파여 있는 길을 걸으며 방건은 연신 주변을 두리번거렸다.

마치 뭔가를 찾는 것처럼 말이다.

방건은 계속해서 주변을 더듬거리며 힘겹게 길을 나아가고 있었다.

워낙 범위가 넓어서 시간이 꽤나 소모되었지만, 그는 계속해서 꼼꼼하게 주변을 확인했다.

그런데 길 위를 걷는 내내 방건은 주기적으로 이상한 행동을 해 댔다. 조그마한 병을 꺼내 그 안에 담긴 향수를 자신의 손등에 조금씩 묻혀 대고 있었다.

의미를 알 수 없는 행동, 그리고 또 전혀 알기 어려운 이곳을 찾아온 것까지. 누가 본다면 의심을 할 만큼 이해하기 어려운 것들이었다.

넓게 펼쳐진 공간 위에는 사실 아무런 특별한 것도 보이지 않았다.

엄청난 폭발로 인해 나무고 돌이고 남아난 것이 없을 정도로 모두 가루가 되어 버렸기 때문이다. 오로지 흙만이 가득한 그곳을 걸으며 방건은 아주 중요한 뭔가를 찾으려는 듯 보였다.

그렇게 무려 두 시진 가까이 흙만 가득한 공간 위를 걸어 다니던 방건은 힘겹게 허리를 폈다.

"흐아!"

날이 추웠지만, 이마에는 송골송골 땀이 맺혔다.

제법 지쳤지만 아직까지도 그는 포기하려는 기색이 없었다.

소매로 이마에 흐르는 땀을 닦아 낸 방건이 안에 넣어 두었던 자그마한 병을 다시금 꺼내어 들었다.

그리고 그 병의 뚜껑을 열어 막 손등에 향수를 뿌리는 바로 그때…….

덥석.

"으아악!"

소스라치게 놀란 방건이 손에 들린 병을 떨어트렸다.

그리고 이내 당황한 그의 시선이 향한 곳은 바로 자신의 발아래였다.

아무것도 없는 흙.

그리고 그 흙 아래에서 뻗어져 나온 손 하나가 방건의 발목을 강하게 움켜쥐고 있었다.

4장. 은혜
— 그 녀석 덕분입니다

　언제나처럼 바쁘게 돌아가던 하루가 점점 끝을 향해 달려가고, 그렇게 백아린과 한천이 십천야가 내준 거처에서 식사를 시작하려던 때였다.

　열린 문을 통해 천무진이 모습을 드러냈다.

　"여기에 있었네."

　생각지도 못한 천무진의 방문에 두 사람이 놀란 듯 자리에서 벌떡 일어났다.

　특히나 그를 보기 무섭게 백아린은 일어난 걸로도 모자라 그에게 재빨리 다가갔다. 바로 코앞까지 다가간 그녀가 서둘러 천무진의 상태를 살피며 물었다.

"어쩐 일이에요?"

"잠깐 시간이 좀 나서."

천무진이 그 말을 내뱉으며 슬며시 미소를 지었다.

하지만 웃는 얼굴 뒤에 감춰진 슬픔까지 완전히 지우지는 못했던 모양이다.

백아린이 웃고 있는 천무진을 향해 말했다.

"무슨 일 있어요?"

"왜? 그래 보여?"

"네. 안색도 많이 안 좋고, 표정도 너무 슬퍼 보여요."

놀랍게도 백아린은 천무진의 마음을 단번에 알아차리고 있었다. 애써 감추고 있던 슬픔까지 읽어 낼 정도로 말이다.

백아린의 말에 천무진이 답답한 감정을 내비치려는 듯 힘겹게 입을 열었다.

"나는……."

하지만 천무진의 입은 쉽사리 떨어지지 않았다.

그 어떠한 이야기도 마음대로 할 수 없는 지금, 무슨 이야기를 해야 좋을지 스스로도 정리가 되지 않았다.

사부인 천운백이 죽었다.

그런데 자신의 잘못으로 백아린까지 잃고 싶지는 않았다.

너무나 답답한 마음에 고개를 푹 떨구는 그때였다.

백아린이 양팔을 벌리더니 천무진을 꼭 끌어안았다.

"괜찮아요. 아무 말 안 해도."

등을 토닥이며 백아린이 속삭였다.

본래 천무진의 상태를 아는 데다, 지금 그에게 안 좋은 일들이 벌어졌다는 것도 눈치챘다.

본인의 의지대로 살아갈 수 없는 지금의 천무진에게 백아린은 자신의 방식대로 위로를 전하고 있는 것이었다.

백아린의 그 위로에 천무진의 눈에서 주르륵 눈물이 흘러내렸다.

천운백이 죽었다는 걸 알고도 소리 없이 참아야만 했던 눈물. 그것이 마침내 진짜 동료인 두 사람을 만나게 되는 순간 터져 나온 것이다.

백아린은 소리 없이 눈물만 주르륵 흘리고 있는 천무진의 등을 계속해서 어루만져 줬고, 한천은 그런 그를 안타까운 표정으로 바라보고 있었다.

그렇게 잠시의 시간이 지나고 천무진 또한 어느 정도 진정이 되었을 때였다.

한천이 기다렸다는 듯 자리로 두 사람을 안내했다.

"자자, 여기들 앉으시죠. 어휴, 대체 무슨 일이 있었던 겁니까? 사람을 어떻게 굴리면 이렇게 한순간에 확 늙지?"

위로와 장난이 뒤섞인 한천의 말투에 천무진 또한 눈물을 거둔 채 픽 웃으며 받아쳤다.

"지금 그게 걱정이야, 시비야?"

"당연히 걱정이죠. 식사는 제대로 하고 다니신 겁니까?"

"그다지. 그 안에 꼴 보기 싫은 놈들이 너무 많아서 그런지 영 소화가 안 돼."

"허기야 얼굴을 보아하니 영 밥맛이더라고요. 소화 잘되시게 이제 우리 두 사람 얼굴 보면서 드시죠."

말과 함께 한천은 천무진의 앞으로 서둘러 음식들을 떠서 놓았다.

유쾌한 장난 속에 담긴 자신을 향한 진심 어린 걱정에 천무진이 앞에 있는 젓가락을 들었다.

그다지 입맛이 있는 건 아니었지만 그래도 천무진은 두 사람과 함께 저녁 식사를 시작했다.

속이 안 좋은 탓에 음식을 많이 먹을 수는 없었지만 그래도 두 사람과 함께해서인지 오랜만에 식사다운 식사를 할 수 있었다.

젓가락을 내려놓는 천무진을 향해 백아린이 말했다.

"더 들지 않고요."

"아냐, 이 정도면 충분해. 그래도 이렇게 먹으니 속이 좀 낫네."

식사를 끝낸 천무진을 보며 한천이 자리에서 일어났다. 그가 두 사람을 향해 어깨를 으쓱하며 말을 이었다.

"몸이 안 좋으시니 술자리는 그른 것 같고, 제가 좋은 차라도 준비해 오죠. 그러니 그동안 두 분이서 오붓하니 시간들 보내고 계시면 됩니다. 아 참, 너무 붙어 있지는 마시죠. 짝 없는 제가 질투 나니까요. 하하!"

말과 함께 히쭉 웃어 보인 한천이 곧바로 방을 빠져나갔다.

그런 그의 뒷모습을 보며 천무진이 작게 고개를 저으면서 중얼거렸다.

"부총관이 같이 있어서 심심하진 않겠어."

"그럼요. 종종 너무 시끄러워서 탈이잖아요."

말과 함께 천무진과 백아린이 서로를 바라보며 피식 웃었다.

그렇게 상대를 바라보던 와중 천무진이 물었다.

"십천야 쪽에서 내려온 일은 어렵지 않고?"

"네, 별반 대단한 것도 없어요. 번거롭고 귀찮은 게 많아서 그렇지."

계속해서 십천야의 일을 해 주고 있는 백아린이다.

처음엔 무리한 부탁으로 무림에 피해를 입히는 일을 의뢰하면 어쩌나 걱정을 했는데, 다행히도 아직까진 그런 움직임을 보이지 않았다.

십천야 쪽에서 들어온 의뢰의 대부분은 영약이나, 사라진 무공에 관련된 것들이었다.

이 모든 건 전부 천지광이 시간을 돌릴 생각에만 사로잡혀 있기 때문이었다.

생을 돌리기 전 중원 곳곳에 감춰져 있는 영약들과 고강한 무공, 그리고 귀한 물건들의 위치를 최대한 알아 두려고 하는 천지광이었다.

그래야만 다시 시작될 그 삶에서 자신은 더욱 강해질 수 있었으니까.

이번 삶에 대한 관심이 사라진 지금 천지광은 무림의 그 어떠한 일에도 신경 쓰지 않고, 오로지 다음 생을 준비하느라 바빴다.

백아린이 곧장 말을 이었다.

"아, 그리고 그중에서 십천야의 수장이 뭘 가장 욕심내고 있는지 알았어요."

"뭔데?"

"칠신기(七神器)인 구마진갑(九魔鎭鉀)의 행방을 찾아 달라더라고요. 아마 적화신루의 정보력을 이용해 찾고 싶어 하던 게 그거였던 것 같아요."

뭔가 노리는 것들이 있다는 건 눈치채고 있었지만, 그것이 구마진갑이었을 줄은 몰랐다.

고개를 끄덕이며 천무진이 답했다.

"쉽지 않겠군."

칠신기는 세상에 쉬이 모습을 드러내지 않는 물건이다.

그나마 지금 무림에 모습을 드러낸 칠신기는 겨우 두 개뿐이다.

천무진의 손에 들린 천인혼.

그리고 마교에 대대로 내려오는 천마신주(天魔神珠).

그 외에 나머지 다섯 개는 행방이 묘연했고, 오랜 시간 무림에 모습을 드러낸 적도 없었다.

그랬기에 결코 찾기 쉽지 않은 물건들.

어쩌면 이제 세상에 남아 있지 않을지도 모르는 신병이기들이었다.

천무진의 말에 백아린이 고개를 끄덕이며 답했다.

"그럼요. 칠신기를 찾아내는 건 쉽지 않죠. 대체 어디에 있기에 이렇게들 코빼기도 안 비치는지 원."

골치 아프다는 듯 투덜거리는 사이 찻잔이 올려진 쟁반을 든 한천이 방 안으로 들어서고 있었다.

그가 씩 웃으며 말했다.

"자! 차들 드시죠."

　　　　*　　　*　　　*

　방건은 허겁지겁 마차를 몰고 움직이기 시작했다.

　그가 향하고 있는 곳은 이곳에서 그리 멀지 않은 곳에 위치한 자신의 문파인 옥수문이었다.

　방건이 몰고 있는 마차의 안.

　그곳에는 한 쌍의 남녀가 누워 있었다. 이곳으로 출발하기 전, 마차를 개조해 둔 탓에 내부는 의자가 없이 누울 수 있도록 되어 있었다.

　그뿐만이 아니었다.

　누워 있는 공간 위로 커다란 나무 바닥을 덧대서 두 사람의 모습을 감추는 것까지 가능했다. 그렇게 특수 제작된 마차에 실려 있는 남녀의 정체는 천운백과 조수아였다.

　두 사람 모두 숨은 붙어 있었지만, 결코 멀쩡한 상태는 아니었다.

　특히나 천운백의 상태는 엉망이었다.

　그는 조수아를 자신의 품에 안은 채로 쏟아지는 뇌신적벽탄을 고스란히 받아 냈다.

　협곡 전체가 무너졌고, 이전의 모습은 아예 흔적조차 찾을 수 없을 정도로 박살이 나 버렸다. 그리고 그 중심에서 모든 충격을 고스란히 받아야만 했던 것이 바로 천운백이었다.

사실 천운백이었다고 해도 버텨 낼 수 없는 상황이었다. 그만한 양의 뇌신적벽탄이 쏟아졌으니, 제아무리 천운백이라고 해도 살 수 없었어야 맞았다.

그럼에도 그가 살아 있는 이유.

그 이유는 바로⋯⋯.

나란히 누운 채로 조수아가 힘겹게 입을 열었다.

"⋯⋯살아 있어요?"

그녀의 질문에 눈을 감고 있던 천운백이 천천히 눈을 떴다. 그러고는 이내 짐짓 여유 있는 척 말을 받았다.

"어허, 뭘 그리 당연한 소릴 하는가. 겨우 그런 벽력탄 정도에 내가 죽을 리 없지. 그냥 바늘에 콕 찔린 정도로 따끔한 수준이었네."

"그리 말하기엔 중간에 곧 죽을 것처럼 안색이 새하얗게 변하던데요."

"그런 위험한 상황에서 어찌 그리도 내 얼굴을 잘 보셨는가."

천운백이 허허롭게 웃으며 말을 내뱉는 그때.

옆으로 고개를 돌려 천운백의 얼굴을 바라보며 조수아가 답했다.

"마지막인 줄 알았으니까요."

"⋯⋯."

그녀의 그 말에 천운백은 일순 입을 닫고야 말았다.

조수아가 계속해서 말을 이었다.

"죽는 그 순간에라도 당신 얼굴을 보고 가고 싶었거든요. 그런데 이렇게 살았네요. 당신 덕분에."

천운백 또한 자신을 바라보며 말을 이어 가는 그녀를 향해 고개를 돌렸다.

숨이 붙어 있긴 했지만, 몸 상태는 최악이었다.

내상도 깊었고, 몸 곳곳은 피와 흙이 뒤엉켜 다친 곳까지 지저분해져 있는 상태였다.

그렇지만 중요한 건 두 사람 모두 살아 있다는 것이었다.

천운백의 얼굴을 바라보던 조수아가 물었다.

"그런데 대체 어떻게 그 폭발을 버틴 거예요?"

천하에서 가장 강한 무인이라는 천운백이라 하지만, 산을 몇 번이고 부숴도 이상하지 않을 정도의 벽력탄을 고스란히 몸으로 받아 냈다.

그것이 어떤 의미인지 조수아 정도 되는 무인이 모르지 않을 터.

분명 큰 부상을 입긴 했지만, 숨이 붙어 있는 이 상황이 쉬이 이해가 가지 않았다.

사실 벽력탄이 쏟아지는 순간 천운백은 때에 맞춰 손을 휘둘렀다.

두 개의 힘이 위와 아래로 동시에 터져 나갔다. 위쪽으로 향한 힘은 커다란 폭발과 함께 일차적으로 벽력탄의 충격을 완화시켰고, 아래로 향한 기운은 커다란 구덩이를 만들었다.

두 사람이 몸을 감출 만한 그런 구덩이 말이다.

그렇지만 땅속에 숨은 것만으로 감당해 내기엔 이어지는 뇌신적벽탄의 양이 너무도 많았고, 그 위력 또한 강렬했다.

땅속으로 몸을 감춰 일정 부분의 충격을 덜어 내긴 했지만, 그것만으로 살 수 있을 수준의 폭발이 아니었다.

그 이후 밀려드는 모든 충격을 고스란히 천운백이 몸으로 받아 냈기에 두 사람은 살 수 있었다.

의아한 듯 물어 오는 조수아의 질문에 천운백이 슬쩍 웃으며 말했다.

"이 일이 있기 전 내 오랜 벗에게 천룡성 창고에 박혀 있는 물건을 하나 가져와 달라 말했었거든."

천운백이 말하는 벗이란 바로 남윤이었다.

그리고 말대로 천운백은 천무진을 통해 이번 일로 인해 자신이 죽게 된다는 말을 듣고 남윤에게 뭔가를 가져와 달라 부탁했었다.

그렇게 가져온 물건이 천운백과 조수아의 목숨을 구해 내는 데 크게 일조했다.

천운백의 엉망이 된 겉옷들 사이에 비치고 있는 정체불명의 무언가.

천운백이 손가락으로 그것을 가볍게 두드리며 말을 이었다.

"바로 이것 덕분에 살았지."

그건 칠흑색의 갑주였다.

하지만 대답을 듣고서도 조수아는 이해하기 어렵다는 표정을 지었다. 저런 갑주 하나로 자신들이 살았다는 건 말이 안 됐다.

게다가 그 갑주는 무척이나 얇아서, 뇌신적벽탄 하나조차 감당하기 어려워 보였으니까.

조수아가 고개를 저으며 말했다.

"이런 때에도 농담이에요?"

농담이라 생각하는 조수아의 모습에 천운백이 억울하다는 듯 답했다.

"농담이라니. 이게 얼마 전까지 창고에 처박혀 있긴 했지만 그래도 제법 쓸 만한 물건이라네. 구마진갑이라고 하는……."

아무렇지 않게 내뱉는 천운백의 말을 듣고 있던 조수아의 표정이 경악으로 물들었다.

무인인 그녀가 구마진갑이 뭔지 어찌 모를 수 있겠는가.

칠신기의 하나이자 모든 걸 막아 낸다는 전설적인 갑주.

그리고 지금 십천야의 수장인 천지광이 엄청나게 욕심을 내며 찾고 있는 물건이기도 한 그 구마진갑이 천운백의 손에서 모습을 드러낸 것이다.

조수아가 당황한 듯 말했다.

"설마 지금 이게 구마진갑이라는 거예요?"

"그렇지 않고서야 우리가 어찌 살아 있겠는가."

너무도 담담하게 말하는 천운백을 바라보며 조수아는 기가 막힌다는 표정을 지어 보였다.

그녀가 더듬거리며 물었다.

"이, 이 귀한 물건이…… 창고에 박혀 있었다고요?"

"뭘 그리 놀라는가. 이것 말고 다른 칠신기도 두어 개 정도 더 박혀 있는 거 같던데."

아무렇지 않게 말을 받는 천운백이었다.

허나 사실 이 일은 이리 가볍게 말할 만한 것이 아니었다.

칠신기는 모습을 드러내는 것만으로도 무림을 피바다로 몰아넣을 정도의 가치를 지닌 물건들이었으니까.

천지광이 그토록 찾고 있던 물건인 구마진갑.

그런데 그런 귀한 물건이 놀랍게도 천룡성 창고 한쪽에 박힌 채로 먼지만 쌓여 가고 있었다는 사실을 안다면 그는 과연 어떤 표정을 지어 보일까?

조수아가 물었다.

"구마진갑을 평소에도 입고 다녀요? 아니지. 창고에 박혀 있는 걸 막 빼 왔다고 하는 걸 보니 그건 아니잖아요. 그런데 어떻게 이 순간에 딱 구마진갑을 입고 나타난 거예요?"

그녀의 질문에 천운백이 희미한 미소와 함께 입을 열었다.

"다…… 훌륭한 제자 녀석 덕분이지."

과거로 돌아온 천무진이 없었다면 천운백은 구마진갑까지 준비해서 그곳에 가지는 않았을 게다. 그리고 그곳에서 원래의 운명대로 최후를 맞이했을 것이고.

허나 모든 것이 바뀌었다.

천무진의 기억 하나로 인해.

그리고 도움을 받은 건 그뿐만이 아니었다.

자신이 누워 있는 마차의 바닥을 툭툭 두드리며 천운백이 말을 이었다.

"이 마차도 그 녀석 작품이네."

협곡 흙 속에 파묻힌 채로 천운백은 막연하게 자신을 찾아올 누군가를 기다렸다.

구마진갑 덕분에 목숨은 부지했지만, 혼자의 힘으론 걸어서 움직이지도 못할 정도로 큰 부상을 입은 상태였으니까.

아마 그대로 있었다면 두 사람 모두 그 협곡 안에서 빠져 나오지 못하고 죽었을 수도 있다.

그리고 설령 운이 좋아 기어서라도 협곡을 빠져나온다 한들 몸을 회복할 장소를 구하는 건 불가능했다. 이런 몸 상태로 천룡성과 관련된 곳까지 찾아가는 건 말이 안 되는 일이었으니까.

부상을 당한 채로 돌아다니다 십천야 쪽의 인물에게 발각되었을 가능성도 있었다.

그런 상황에서 두 사람을 태울 수 있는 마차를 가지고 방건이 나타났다.

이것이 어찌 우연이겠는가.

물론 이 일은 부탁한 건 천무진이 아닌 백아린이었다. 그렇지만 방건이 위험을 무릅쓰고 이 부탁을 들어준 건 모두 천무진 때문이었다.

자신의 목숨을 구해 줬고, 또 새로운 삶을 살 수 있도록 신경 써 주기까지 한 천무진이다.

방건은 그런 그를 돕기 위해 백아린의 부탁에 응한 것이다.

언젠가 반드시 은혜를 갚겠다 했던 그 약조.

그 약조를 지금 이렇게 지키고 있는 것이었다.

방건은 여러 가지 조건에서 천운백을 돕기 용이했다.

우선적으로 그의 문파인 옥수문이 산동성에 위치했다는 것이 가장 컸다. 그리고 옥수문이 천룡성과 관계가 없다는 부분도 중요했다.

그러니 십천야의 이목을 끌지도 않을 것이고, 옥수문에서 높은 자리에 있는 방건의 힘이라면 다친 두 사람을 비밀리에 치료할 수도 있었다.

천무진을 떠올린 천운백의 입가에 맺힌 따뜻한 미소. 그건 바라보는 사람마저도 행복하게 만드는 미소였다.

말하지 않아도 조수아는 알 수 있었다.

천운백이 자신의 제자를 얼마나 사랑하고, 또 자랑스러워하는지를.

꼭 자식 자랑을 하는 부모처럼 아직도 하고 싶은 말이 남았는지 천운백이 입을 열었다.

"그리고 이 마차 보게. 우리가 다쳤을 수도 있음을 예상하고 이렇게 만들어 둔 덕분에 이리 편안하게 누워서도 가지 않는가. 은근 생각이 깊다니까. 아, 물론 이걸 부탁한 건 내 제자가 아니라 적화신루의 사 총관이지만 그러면 뭐 그 녀석이 한 거나 다름없으니……."

천운백이 신이 나서 말을 이어 가던 그때였다.

덜컹!

마차가 크게 흔들리며 머리통을 바닥에 강하게 내리박은

천운백이 미간을 찌푸린 채로 중얼거렸다.

"……마차를 몰 사람은 잘못 구한 것 같지만 말일세."

*   *   *

모두가 각자의 이유로 바쁜 시간을 보내는 나날들이 지나가고 있었다.

천무진은 천룡비공의 비기를 완성시켜 가고 있었고, 백아린은 적화신루와 함께 겉으로는 십천야를 돕는 척하며 뒤편으로는 계속해서 다른 일을 준비했다.

의선은 천무진의 몸 안에 있는 자모충을 제거할 방법을 연구했고, 생존한 천운백은 모습을 감춘 채로 회복에 전념하고 있었다.

물론 바쁜 건 천무진 일행만이 아니었다.

천지광을 따르는 이들 역시 각자의 사정과 이유로 뭔가를 바삐 이뤄 나가고 있었다.

그런 상황에서 유독 겉도는 인물이 있었으니 그건 다름 아닌 주란이었다.

자신의 거처에 박혀 있는 그녀는 잔뜩 지루한 표정을 짓고 있었다.

"답답해 죽겠네."

중얼거리는 주란의 목소리는 불만으로 가득했다.

원래 주기적으로 십천야의 거점에서 지내기도 했고, 일이 생기면 꽤나 오랫동안 돌아가지 못했던 적도 있었다.

그렇지만 지금처럼 아예 이곳에 눌어붙어서 지낸 경우는 이번이 처음이었다.

예전의 주란은 무척이나 바빴다.

상무기를 통해 넘어오는 정보를 천지광에게 보고하기도 하고, 중간에서 이런저런 작전들을 구상하기도 했다.

주 정보 단체였던 귀문곡에는 미치지 못하지만 홍화루라는 독자적인 세력을 이끌며 나름의 정보력을 자랑하기도 했던 그녀다.

그렇지만 최근 그 모든 역할을 빼앗긴 주란은 십천야 내에서도 붕 떠 있을 수밖에 없었다.

그나마 움직이던 작은 정보 세력도 적화신루가 나타나며 의미가 사라져 버렸다.

그래서 지금 그녀는 이곳에서 딱히 하는 일도 없는 상황이다.

어디 그뿐인가?

무력으로는 다른 십천야인 천무진과 반조, 매유검이나 자운에게 미치지 못하는 그녀다.

남은 이들 중에서는 무력도 최하위에, 할 수 있는 일도 없게 된 주란은 이곳에 있는 것이 무척이나 불편해졌다.

그렇지만 현재 모든 십천야들은 이곳을 떠나지 못하고 천지광을 보필해야만 했다.

주란으로선 최근 들어 보여 주는 천지광의 선택과 행보들을 선뜻 이해하기 어려웠다.

'대체 무슨 생각이신 거지.'

예전의 천지광은 욕심이 있었다.

모든 걸 얻으려 했고, 또 많은 걸 알려고 했다.

그렇지만 최근은 아니었다.

그는 마치 세상 모든 일에 관심이 없는 듯 천무진의 상황에만 열중했다.

천운백도 죽은 상황에서 대체 왜……

자신들의 앞길을 막을 수 있는 유일한 존재인 천운백이 죽었다. 그렇다면 당연히 모든 십천야 휘하의 세력을 집결시키고 무림을 집어삼킬 일전을 준비해야 옳았다.

분명 곧 그렇게 될 거라 생각했는데 우습게도 상황은 예상과 전혀 달랐다.

천지광은 아무런 것도 하지 않았고, 천운백이 죽었음에도 불구하고 무림은 조용했다.

흘러가는 이 모든 상황들이 이해가 가지 않았고, 이런 분위기 속에서 자신은 아무런 것도 하지 못하는 존재가 되어

간다는 사실이 무척이나 싫었다.

초조하게 방 안에 앉아 시간을 보내고 있는 그때, 갑작스럽게 수하 중 하나가 찾아왔다.

"루주님을 뵙습니다."

상대는 주란이 이끄는 홍화루에서도 가장 높은 등급인 흑접 중 하나였다. 그녀의 등장에 주란이 의외라는 듯 말했다.

"뭐야, 연락도 없이."

"급히 보고드려야 할 일이 있어서요."

"보고?"

"네, 중요한 정보입니다."

정보라는 말에 주란은 픽 웃었다.

어차피 정보 단체로서의 역할은 적화신루 쪽에서 도맡은 지금 굳이 나서서 그들을 도와야 할지가 의문이었으니까.

그랬기에 주란은 자조적인 미소를 띤 채로 답했다.

"잘나신 적화신루가 있는데 우리가 뭐 하러 고생을 해. 우리한테 피해 오는 거 아니면 그냥 내버려 둬. 적화신루의 그 사 총관이라는 계집이 알아서 하겠지."

백아린에게 된통 당한 기억 때문에 그녀에게 안 좋은 감정이 가득한 주란이다.

그렇게 대충 상황을 넘기려는 그때 흑접이 말했다.

"들으셔야 할 것 같아요. 그 사 총관에 대한 정보거든요."

백아린에 대한 정보라는 말에 주란의 눈동자가 갑자기 번뜩였다.

주란은 빠르게 걷고 있었다.

그녀가 향하고 있는 곳은 다름 아닌 수장인 천지광의 거처였다.

약속도 없이 찾아간 주란이 천지광의 거처 앞에 이르러 안쪽에 뵙고자 하는 요청을 올렸다.

"어르신! 급히 보고를 드릴 일이 생겼는데 들어가도 될까요?"

그녀의 말이 끝나고 잠시 뜸을 들이던 천지광이 답했다.

"들어오거라."

승낙이 떨어지자 주란은 곧장 방 안으로 들어섰다.

여전히 휘장 안쪽에 자리하고 있는 천지광이 시큰둥한 목소리로 말했다.

"무슨 일이냐?"

급한 보고라고는 하지만 사실 천지광은 별반 관심이 없었다. 이미 해야 할 모든 것들을 이루고 과거로 돌아갈 때를 기다리는 상황에서 그 외의 이야기들이 귀에 들어올 리가 없었다.

그나마 그토록 찾고 있는 구마진갑에 대해 알아 온다면 모를까 그 외 다른 이야기들이 그의 관심을 끌 수 있을 리 만무했다.

휘장으로 가려져 있었지만 주란은 알 수 있었다.

지금 자신의 이야기에 천지광이 별다른 관심이 없다는 것 정도는.

하지만 주란의 표정엔 확신이 있었다.

그녀가 목소리에 힘을 주어 말했다.

"어르신, 일이 벌어진 것 같아요."

"……그래?"

여전히 대수롭지 않은 반응.

주란이 입을 열었다.

"백아린이 오래전부터 남만에서 자모충을 구해 갔다더 군요."

"뭐야!"

순간 휘장 안쪽에서 여태까지와는 다른 흥분된 목소리가 터져 나왔다.

그러고는 이내 휘장으로 가려져 있음에도 알 수 있을 정도로 천지광의 몸이 부들부들 떨리고 있었다.

자모충이라니?

흑마신과 흑마련이 무너지며 자모충이 적들에게 드러났

다는 사실은 알고 있었다. 그렇지만 그걸 추가적으로 구해 오고 있었다는 것의 의미는…….

'천무진의 상태를 알고 있다는 것인가?'

천무진이 자신의 명령을 따를 수밖에 없는 이유가 자모충 때문이라는 걸 알아차렸다는 뜻이다.

물론 그걸 알았다고 해서 문제를 해결할 수 있는 건 아니다. 천무진의 몸 안에 심어져 있는 자모충은 특별한 것이었고, 천지광이 아는 바로는 그걸 제거할 수 있는 방법이란 없었다.

하지만 그렇다고 해서 손 놓고 있을 문제도 아니었다. 자신이 모른다고 해도 뭔가 아는 자가 있을 수도 있었으니까.

천무진의 제안대로 백아린을 놔둔 건 그들을 이용할 가치가 있었기 때문이다.

그렇지만 그녀가 자모충을 건드리고 있다면 이야기는 달라진다.

제아무리 칠신기의 하나인 구마진갑에 욕심이 난다 한들 천무진이 가져다줄 새로운 삶에 비할 수는 없지 않은가.

침묵하고 있던 천지광이 이내 입을 열었다.

"……적화신루가 어디까지 알아낸 거지?"

"그것까지는 파악하지 못했어요. 다만 계속해서 자모충을 수급해 가는 걸 보면 뭔가 단서를 잡은 게 아닐까요?"

주란이 슬쩍 목소리에 힘을 주어 말했다.

떨리는 천지광의 목소리와 아까와는 달라진 반응들. 그것들이 적어도 이 일이 지금의 천지광에게 무척이나 중요한 일이라는 걸 알 수 있게 해 줬다.

뭔가를 해냈다는 생각에 주란은 꽤나 유쾌해졌다.

일전에 자모충과 관련하여 남만 쪽에 사람을 심어 두라는 천지광의 명령에 따라 주란은 그곳에 많은 인원들을 배치했었다.

그런데 그것이 이렇게 뒤늦게나마 자신에게 이득이 되어 돌아오다니…….

주란은 그 자리에 서서 천지광의 다음 말을 기다렸다.

그리고 이내.

"주란."

"네, 어르신."

휘장 안쪽에서 들려오는 의미심장한 목소리에 주란이 짧게 대답했을 때다.

천지광의 명령이 떨어졌다.

"천무진을 제외한 십천야 전원 소집이다."

*   *   *

천지광의 거처로 십천야들이 비밀리에 모여들었다.

갑작스러운 호출에 모두가 의아해하고 있는 상황이었다.

그것도 천무진을 제외하고 그에게 들키지 않도록 주의하며 모이라고 하니 의문은 더욱 커질 수밖에 없었다.

반조의 시선이 반대편에 있는 주란에게로 향했다.

그녀를 바라보던 반조가 속으로 중얼거렸다.

'주란은 뭔가 아는 눈치군.'

이런 상황에서 유일하게 입가에 미소를 건 채로 자신만만하게 서 있는 주란이었다. 그걸 보아하니 그녀는 이 자리에 모두가 모인 이유를 알고 있는 듯했다.

천무진을 제외한 십천야 사인 모두가 자리한 상황에서 휘장 안에 있는 천지광이 입을 열었다.

"다들 모였군."

"어르신을 뵙습니다."

네 명이 한목소리로 인사를 건넬 때였다.

천지광이 가볍게 손을 저으며 말을 받았다.

"시간이 없으니 그런 인사는 그만하고 본론으로 들어가지. 주란."

"네."

"상황 설명해."

"알겠습니다."

명을 전달받은 주란이 곧장 앞으로 나서서 자신이 전달

받은 정보를 전했다.

백아린이 자모충에 대해 접근하고 있고, 뭔가를 알아낸 듯싶다는 것이었다.

이야기를 전해 들은 직후 자운이 안쪽에 있는 천지광을 향해 조심스레 입을 열었다.

"외람되지만 한 말씀 올려도 되겠습니까?"

"무엇이냐."

"굳이 천무진을 데리고 가시려는 저의를 모르겠습니다. 어차피 천운백도 죽었고, 이제 천무진의 이용 가치는 없는 거 아닙니까? 차라리 이 기회에 그놈도 깔끔히 정리하시죠. 위험한 불씨는 아무리 작더라도 끄고 가는 게 낫다고 생각합니다."

자운의 말에 주란 또한 작게 고개를 끄덕였다.

그녀 또한 비슷한 생각이었으니까.

하지만 이들이 생각하는 것과는 완전히 다른 목적을 가진 천지광으로서는 그런 행동을 할 이유가 없었다.

솔직히 말해 다른 십천야라면 전원이 죽어도 상관없지만 천무진만큼은 지켜야 하는 입장이 아니던가.

그렇지만 그런 속내를 드러낼 수는 없었기에 천지광은 대충 둘러댔다.

"아직 놈에겐 이용 가치가 남아 있다. 그러니 천무진은 살려 둔다."

"……."

확고한 천지광의 대답에 자운은 입을 닫았다.

그가 결정을 내렸다면 따른다.

그것이 십천야의 규율이었다.

천무진에게 향하려는 화살을 막아 낸 천지광이 이내 말했다.

"내가 이 자리에 다들 모이라고 한 건 천무진 때문이 아니다. 바로 그 백아린이라는 존재 때문이지."

이어지는 천지광의 말에 네 사람 모두가 귀를 세운 채로 이야기에 집중했다.

사실 천지광은 이들이 무슨 불만을 지니고 있는지 잘 알았다.

천운백을 죽이고 모든 준비가 끝이 났는데도 무림을 집어삼키지 않고 조용히 있는 것이 다들 불만이었을 게다.

알았지만 움직이지 않았다.

굳이 그래야 할 이유가 없었으니까. 그리고 이들이 무슨 생각을 하든 상관하지 않았던 것뿐이다.

그렇지만 이왕 일이 이렇게 된 이상 이걸 최대한 이용할 생각이다.

천지광이 말을 이었다.

"천무진의 부탁으로 그냥 두려고 했지만 여기까지 들어왔다면 그대로 놔둘 수는 없는 노릇 아니겠느냐. 무림을 집어삼키는 전쟁을 시작하기에 앞서…… 백아린을 죽인다."

결국 천지광의 입에서 백아린의 추살령이 떨어졌다.

마치 천운백을 죽이기로 결정한 그날처럼.

무림을 집어삼키는 전쟁이라는 말에 네 사람의 눈동자가 동시에 빛났다.

그토록 기다리던 순간이 찾아왔다고 생각했기 때문이다.

순간적으로 확 하고 들끓는 분위기를 느끼며 천지광이 말했다.

"다들 알다시피 그 계집은 꽤나 실력이 좋은 편이지. 절대 살아나갈 수 없도록 만반의 준비를 취한다. 이 일에는 반조와 매유검, 둘이 나선다."

호명되는 순간 매유검이 꿈틀했다.

겨우 젊은 여자 하나 죽이는 일이었다. 그런 일에 반조와 함께 나선다는 사실이 못내 마음에 들지 않았다.

그랬기에 매유검이 말했다.

"어르신 그런 애송이 하나 상대하는 건 저 하나면……."

"둘만이 아니다. 휘하에 있는 혈기군단(血旗軍團), 적풍대(赤風隊), 뇌룡검대(雷龍劍隊)까지 투입한다."

이어지는 천지광의 명에 모두가 놀란 듯 눈을 치켜떴다.

고작 백아린 한 명, 아니 옆에 있는 한천까지 둘을 처리해야 할 일이다. 그런데 그 일에 있어 십천야 중에서도 손꼽히는 강자인 반조와 매유검이 나서는 걸로 모자라 무려세 개의 부대가 투입된다.

특히나 혈기군단은 십천야 내에서도 최강의 부대 중 하나였다.

모두가 과하다 생각했다.

하지만 천지광의 생각은 달랐다.

이번 일은 결코 실패해서는 안 되는 일이었다.

천무진에게는 아주 조그만 변화라도 생기면 안 됐으니까.

그랬기에 엄청난 인원을 투입해서라도 백아린을 반드시 제거해야 했다. 게다가 그녀는 매번 자신의 생각보다 뛰어난 활약으로 모든 계획을 망쳐 버린 당사자이기도 했으니.

이번만큼은 결코 실패해서는 안 됐다.

그랬기에 절대 실패할 수 없을 정도의 막대한 인력을 쏟아붓기로 한 것이다.

두 명의 십천야.

그리고 세 개의 부대까지.

그 숫자가 무려 오백에 달했고, 그들 개개인 모두가 빼어난 수준에 도달한 무인들이었다.

엄청난 무인들을 투입하기로 결정을 내린 천지광이 물었다.

"준비하는데 시간은 얼마면 되겠느냐?"

외부에 나가 있는 부대원들을 소집하고, 조용히 끝낼 장소를 마련하기까지 준비 시간이 필요했다.

천지광의 물음에 재빠르게 생각을 정리한 주란이 답했다.

"닷새 정도 걸릴 것 같아요."

"닷새라……."

나지막이 중얼거리던 천지광이 이내 고개를 끄덕였다.

마음을 정했으니 이제 남은 건 하나.

천지광이 말했다.

"닷새 후에 시작하지."

눈엣가시와도 같았던 백아린을 제거한다.

그리고 이번만큼은 제아무리 그녀가 뛰어나다 한들……
절대 살아남지 못하리라.

5장. 유인
— 함정이군

십천야의 비밀 거점.

그곳에 못 보던 얼굴들이 하나씩 모습을 드러냈다. 그들은 모두 이번 백아린 제거 작전에 나설 무리를 이끄는 수장들이었다.

적풍대(赤風隊) 대주 추풍량.

뇌룡검대(雷龍劍隊) 대주 여명.

그리고 마지막으로 혈기군단(血旗軍團) 단주 야율인까지.

세 사람이 한자리에 모인 방 내부엔 적막만이 감돌았다. 이 자리에 모인 이 세 사람. 놀랍게도 이들 중 추풍량과 여명, 두 명은 무림을 대표하는 우내이십일성들이었다.

우내이십일성으로 불릴 정도로 무림에서 높은 위치에 있는 이들을 휘하로 두다니, 십천야의 힘이 얼마나 강한지 말해 주는 듯싶었다.

하지만 정작 그 둘은 가장 안쪽에 자리하고 있는 한 사내의 눈치를 살피고 있었다.

혈기군단 단주 야율인.

육십 대의 노인인 둘과는 달리 중년의 사내인 야율인이다. 사십 대 후반의 나이에 외모 또한 그리 눈에 띄지 않을 정도로 평범했다.

적당한 키에 몸집.

그리고 어디서나 볼법한 친근한 외모까지.

겉으로 보기엔 그리 빼어나 보이지 않는 야율인이다. 그런데 우내이십일성이자 연배 또한 높은 두 사람이 그의 눈치를 살피는 이유는 역시나 하나였다.

그를 인정하니까.

무림에서 그리 알아주는 무인은 아니었지만 그건 세상이 야율인의 진짜 모습을 모르기 때문이다.

그는 우내이십일성인 추풍량과 여명보다 훨씬 강한 인물이었다. 순수한 무력만으로 치자면 십천야 중에서도 반조와 매유검을 제외하고는 적수가 없을 정도다.

화산파를 대표하는 고수이자 십천야의 한 명인 자운조차

도 싸움을 꺼리는 상대가 바로 야율인이었다.

예전부터 자운과 야율인을 두고 누가 더 강한지 의견이 분분했지만…….

이런 소문을 자운이 모르지는 않았을 터.

자운은 무척이나 자존심이 강한 사내다. 그럼에도 불구하고 그는 마치 이런 소문에 대해 전혀 듣지 못한 것처럼 행동했다.

야율인과의 대결을 원치 않았기 때문이다.

자존심을 세우겠다고 그와 싸웠다가 혹시라도 패하게 된다면 십천야라는 자신의 위치가 흔들릴지도 몰랐다.

십천야 중에서도 손꼽히는 고수인 자운조차 피할 정도의 실력자. 게다가 야율인이 가진 힘은 그게 전부가 아니었다.

그가 이끄는 혈기군단은 십천야의 주축을 이루는 무력 단체 중 하나였다.

실질적으로 십천야에 속한 부대들 중 첫 번째나 두 번째로 꼽힐 정도의 세력. 그런 그들이 야율인의 명령에 따라 움직인다.

그 또한 야율인이라는 사내가 십천야 내에서 큰 비중을 차지하는 데 한몫하는 건 분명했다.

그렇게 조용했던 공간의 문이 열리며 반조가 모습을 드러냈다.

반조는 안에 자리한 세 사람을 향해 가볍게 인사를 던졌다.

"다들 오랜만입니다."

반조의 등장에 야율인이 가장 먼저 벌떡 일어났다. 그러고는 뒤이어 추풍량과 여명 또한 자리에서 일어나 포권을 취했다.

여명이 반조를 향해 입을 열 때였다.

"그간 잘 지내셨습……."

인사를 하던 여명이 순간 멈칫했다. 반조의 뒤편에서 모습을 드러낸 상대 때문이었다. 장포로 얼굴을 가리고 있었지만, 상대가 누구인지 모를 리가 없었다.

십천야의 일원인 매유검.

많은 이들이 가장 껄끄러워하는 십천야이기도 한 그가 나타난 것이다.

매유검의 등장에 방 안의 분위기가 순간 가라앉았다. 그런 분위기를 눈치채서일까?

안으로 들어선 매유검이 비웃듯 말했다.

"뭐야. 갑자기 싸한 이 분위기는. 내가 어지간히도 반가운 모양이네."

모두가 불편해하는 사이 가장 안쪽으로 걸어간 매유검은 상석에 있는 자리로 다가갔다. 그러던 그가 이내 걸음을 멈쳤다.

매유검이 슬쩍 시선을 돌려 바로 옆에 자리한 야율인을 향해 입을 열었다.

"어이, 야율인."

"……무슨 일입니까?"

"무슨 일은."

말과 함께 채 누가 반응도 하기 전에 매유검이 손을 들어 올렸다. 그러고는 이내 손등으로 야율인의 볼을 툭툭 건드렸다.

매유검의 행동에 함께 자리하고 있던 추풍량과 여명이 사색이 되었다.

하지만 그런 주변 반응에는 아랑곳하지 않는 듯, 그 상태 그대로 입을 열었다.

"나를 봤으면 인사를 해야지."

매유검이 재차 얼굴을 두드리려는 순간 거칠게 고개를 튼 야율인이 말했다.

"난 당신을 따르는 게 아닙니다. 이런 무례한 행동은 자제하시죠."

"하여튼 기어오르는 건 여전하네."

말과 함께 장포 안쪽에 있는 매유검의 입꼬리가 씩 올라가는 바로 그때였다.

막 매유검이 움직이려는 찰나 반조가 소리쳤다.

"그만!"

"……."

매유검이 움찔하며 휘두르려던 손을 멈췄다. 그러고는 이내 움직이던 손을 아래로 내리며 야율인의 어깨를 툭툭 쳤다.

"그렇게 고개 뻣뻣이 들고 다니지 말라고. 부숴 버리고 싶으니까."

살기 어린 경고를 마주한 상태에서도 야율인은 일말의 표정 변화 없이 방금 전 그가 건드린 어깨를 가볍게 털어 냈다.

그런 야율인의 행동에 매유검이 다시 한 번 꿈틀했지만, 이번에도 반조가 나서서 그를 막았다.

"매유검, 넌 동료한테까지 무슨 짓이야?"

"동료? 누가? 우리가?"

비웃듯 말하는 매유검의 말투에 반조는 입을 닫았다.

알고 있다.

매유검이 다른 이들을 어떻게 생각하는지 정도는.

천지광의 휘하에 모여 함께 같은 목표로 나아가고 있지 만, 매유검은 이들과 동료라는 의식은 전혀 없었다.

반조가 경고하듯 말했다.

"네가 어떻게 생각하든 그것까지 바꿀 생각은 없다, 매유검. 그렇지만 중요한 일을 앞두고 소란을 일으키는 건 용서 못 해."

천지광은 이번 작전을 중대한 임무라 판단하고 두 명의 십천야와 세 개의 부대를 투입하기로 정했다. 그리고 그것을 위해 그들이 모두 모인 지금, 이제는 서둘러 일을 매듭짓는 것만이 남았다.

반조의 경고에 매유검이 상석에 털썩 주저앉으며 귀찮다는 듯 손을 휘휘 저었다.

그런 그를 잠시 고깝게 바라보던 반조가 이내 이곳에 미리 자리하고 있던 세 사람에게 시선을 돌렸다.

"부대원들의 준비는 끝났습니까?"

"뇌룡검대 준비 완료되었습니다."

"적풍대도 마찬가지입니다. 언제든 명령만 내리시죠."

뇌령검대와 적풍대의 준비가 끝났다는 말을 전해 들은 반조의 시선이 아직까지 불쾌한 표정을 짓고 있는 야율인에게로 향했다.

그의 시선을 눈치챈 야율인이 빠르게 답했다.

"혈기군단 전원 대기 중입니다."

세 사람의 대답을 모두 들은 반조가 고개를 끄덕이며 곧바로 말을 받았다.

"이번 임무는 절대 실패해서는 안 되는 일입니다. 우리의 표적은 둘입니다. 적화신루 소속의 총관과 부총관으로 현재 이곳에서 멀지 않은 마을에 자리하고 있습니다."

이야기를 전해 듣는 세 사람의 얼굴에 동시에 당혹감이 서렸다.

당연한 일이다.

십천야 둘과 자신들. 거기다가 세 개의 부대까지 투입되는 작전이다. 이 정도라면 구파일방 중 하나라 할지언정 반나절 안에 산산조각 내 버릴 정도의 전력이다.

그런데 그럼 엄청난 전력이 투입되는 작전의 제거 대상이 고작 둘이란다. 하물며 그 표적이 무림의 유명 인사가 아닌 적화신루 소속의 인물들이라니 더더욱 당황스러울 수밖에 없었다.

세 사람의 이해가 안 간다는 표정의 이유를 알면서도 반조는 계속해서 말을 이어 나갔다.

"우선 우리 쪽 인원들을 나눌 생각입니다. 먼저 표적인 두 사람을 떨어트려 놓고 각자 제거를 하는 방향으로 갈 건데……."

반조는 사전에 준비된 계획에 대해 말하기 시작했다. 그런데 상석에 앉은 채로 가만히 듣고만 있던 매유검이 불만 어린 목소리로 끼어들었다.

"뭘 그렇게 귀찮게 처리해. 그냥 모든 병력 끌고 가서 놈들이 도망 못 치게 포위하고, 안에 있는 그 두 명 모두를 내가 때려죽이면 되는 걸 가지고."

처음부터 이 일에 이만한 인원을 투입하는 것에 불만을 가졌던 그다.

가뜩이나 둘을 죽이기 위해 수백에 달하는 인원들이 나서는 것도 못마땅한데, 그걸로 모자라 이처럼 치밀한 작전까지 짜야 한다는 것이 못내 마음에 들지 않는 모양이었다.

반조는 매유검의 말에 그를 바라봤다.

어차피 무슨 말을 해도 자신의 말에 동조하지 않을 거라는 걸 안다. 그랬기에 반조는 짧지만, 그에게 통할 굵직한 한마디를 던졌다.

"토 달지 마. 어르신의 명이다."

"……."

반조의 예상대로 그 말에 매유검은 곧바로 입을 닫았다.

천지광의 명령이라면 그것이 어떤 것이든 따를 수밖에 없었으니까.

결국 고개를 끄덕인 매유검이 입을 열었다.

"좋아. 그럼 다른 건 됐고 백아린이라는 계집만 내게 넘겨. 그 여자만큼은 내가 직접 죽이고 싶으니까."

말을 내뱉는 그의 목소리에는 짙은 살기가 담겨 있었다.

얼마 전 천무진에게 당했던 수모가 아직까지 잊히지 않아
서다.

천무진은 말했다.

원한다면 그녀와 싸워 보라고.

결코 자신이 이기지 못할 거라며 호언장담했던 그다.

그랬기에 보여 주고 싶었다.

천무진의 생각이 틀렸다는 것을. 그리고 천무진에게 있
어 소중한 사람인 백아린의 숨통을 직접 끊음으로써 그를
고통받게 할 수 있다는 사실도 마음에 들었기에 백아린만
큼은 꼭 자신의 손으로 죽이고 싶었다.

매유검의 말에 반조는 고개를 끄덕였다.

"그렇게 해."

가장 원하는 걸 얻은 이상 매유검 또한 더는 불만이 없었
다.

그가 팔짱을 낀 채로 입을 열었다.

"그래서 계획이 뭔데?"

매유검과의 대화로 잠시 이야기를 멈췄던 반조다.

그가 자신의 말에 귀 기울이고 있는 나머지 사람들을 바
라보며 설명을 이어 가기 시작했다.

"우선 우리는 이곳 인근에 있는……."

　　　　*　　　　*　　　　*

　백아린과 한천은 한동안 머물던 형동을 벗어나 어딘가로 움직이고 있었다.

　현재 두 사람은 천무진을 도와 십천야의 의뢰를 받아 주고 있던 상황이다. 그리고 이번에 움직이고 있는 이유 또한 그 때문이었다.

　일각을 다투는 갑작스러운 의뢰.

　그걸 해결하기 위해 두 사람은 늦은 시간임에도 불구하고 계속해서 움직여야만 했다.

　목적지는 형동에서 대략 한 시진 정도 떨어진 곳에 위치한 산이었다.

　급히 움직이는 와중에 한천이 투덜거렸다.

　"아니 뭔 놈의 의뢰를 이 밤에 준답니까. 사람 쉬지도 못하게."

　어차피 형식적으로만 돕고 있을 뿐이지, 진짜로 그들과 한배를 탄 것은 아닌 상황. 마음 같아서는 굳이 지금 움직이고 싶지 않았지만, 내일 아침이면 이곳을 떠날 상대를 만나는 일이다 보니 어쩔 수 없었다.

　백아린이 불만을 토해 내는 그를 다독였다.

　"조금만 참아. 곧 끝이 나겠지."

그녀 역시 십천야의 일을 돕고 있는 이 일련의 상황들이 마음에 들지 않았다.

그렇지만 천무진을 위해 이렇게 나섰고, 다행히 아직까지 별다른 문제는 벌어지지 않았다.

그렇게 두 사람이 목적지 인근에 도착했을 무렵이었다.

산 중턱에 자리한 자그마한 장원이 모습을 드러냈다. 그리고 그곳의 입구에서 한 명의 사내가 기다리고 있었다.

사내는 두 사람을 발견하고는 서둘러 다가왔다.

그가 조심스레 말했다.

"저 혹시 오늘 이곳에서 뵙기로 한 분들이신지……."

백아린은 상대를 향해 미리 건네받은 서찰 한 장을 꺼내어 내밀었다. 서찰에는 별다른 내용은 없었지만, 그 끝에 나비 모양의 인장이 찍혀 있었다.

인장을 확인한 상대가 고개를 끄덕이며 곧바로 말을 이었다.

"확인되셨습니다. 주인 어르신께서는 곧 여기로 오실 테니 안에서 기다리시고 계시면 됩니다. 물건을 인수받으실 분은 절 따라오시고요."

상대의 말에 한천이 그쪽으로 성큼 나섰다.

십천야의 의뢰는 오늘 이곳에서 누군가와 만나고, 또 그들에게서 중요한 물건을 인수받는 것이었다.

당연히 수장을 만나는 건 백아린의 몫이었고, 한천은 물건을 인수받는 일을 맡았다.

그 순간 한천에게 백아린의 전음이 날아들었다.

『무슨 물건인지 은밀히 확인하고.』

『물론이죠. 대장.』

십천야에게서 오늘 이곳에서 건네받을 물건이 무엇인지는 듣지 못했다. 그랬기에 백아린은 그들 모르게 오늘 받는 물건이 뭔지 따로 확인할 심산이었다.

안내를 하겠다고 나선 사내가 걸음을 옮기자 한천이 백아린을 향해 빠르게 말했다.

"대장 여기서 기다리고 계시죠. 금방 끝내고 올 테니까."

"그럼 누가 먼저 일을 끝내든 여기서 보자고."

백아린의 말에 한천이 씩 웃으며 고개를 끄덕였다.

그러고는 이내 먼저 걸어가기 시작한 상대를 향해 성큼성큼 다가갔다.

그렇게 백아린만 그곳에 둔 채로 한천은 자신을 안내하는 사내와 함께 다른 곳을 향해 나아가기 시작했다.

처음엔 아무 생각 없이 따라 움직이던 한천이다.

하지만 생각보다 거리가 너무도 멀었다.

움직인 지 어느덧 이 각 이상이 되자 더는 참지 못하겠는지 한천이 입을 열었다.

"지금 맞게 가는 겁니까?"

"물론입니다. 갑자기 왜 그러시는지요?"

"생각보다 너무 멀어서요."

"거의 다 왔습니다. 바로 이곳만 지나면 금방입니다."

걱정 말라는 듯 말하는 상대의 모습에 한천은 슬쩍 표정을 구겼다. 그렇지만 마음에 들지 않는다 해도 지금으로선 피할 수 없는 의뢰였다.

결국 그렇게 한천은 사내를 따라 계속 움직여야만 했다.

그렇지만 말했던 곳을 지나쳤음에도 불구하고 눈에 보이는 건 그저 나무들뿐이었다.

결국 한천이 재차 입을 열었다.

"있긴 뭐가 있다는 겁니까? 근처에는 뭐 아무것도 없는데……."

불만스럽게 말을 내뱉던 한천의 목소리가 급속도로 작아졌다.

어두운 숲길.

그곳 사이에서 알고 있는 얼굴이 모습을 드러내서다.

십천야의 일원 반조.

그가 갑자기 한천 앞에 모습을 드러낸 것이다.

상대의 모습을 확인하는 순간 한천의 표정이 급속도로 차갑게 식었다.

그런 한천을 향해 반조가 반갑게 인사를 건넸다.

"여, 생각보다 금방 다시 만났네?"

두 사람은 천무진 일행이 형동에 오자마자 들어간 객잔에서 만난 적이 있었다. 그리고 당시 둘은 서로를 의식하며 가벼운 신경전을 벌이기도 했었다.

반조가 곧바로 말을 이었다.

"그때 그랬던가? 누가 잔챙이일지 알게 될 날이 곧 올 거라고. 그런데 그때가…… 좀 빨리 온 것 같은데."

갑작스러운 반조의 등장.

한천은 지금 이 상황이 어떻게 흘러가는지 곧장 알아차린 상태였다. 그랬기에 갑자기 자신 앞에 나타난 반조라는 존재에 대해 전혀 당황하지 않았다.

대신 싸늘하게 식은 얼굴로 한천이 중얼거렸다.

"……함정이군."

한천의 나지막한 목소리가 빠져나오는 사이 반조의 뒤편으로 수많은 그림자들이 다가오고 있었다.

*　　　*　　　*

빈 장원에 홀로 앉은 백아린은 조용히 시간을 보내고 있었다.

자그마한 장원에는 그녀를 제외하고는 아무도 없었고, 한동안 사람이 살지 않은 곳인지 별다른 물건 또한 보이지 않았다.

장원 내부에 있는 가장 큰 방에는 허름한 탁자와 의자 두 개가 있었고, 백아린은 그곳에 자리하고 있었다.

의자에 기대어 앉은 그녀가 슬쩍 바깥을 바라봤다.

'생각보다 늦는데.'

약속 시간에 맞춰 왔거늘 오늘 이곳에서 보기로 한 상대는 아직까지도 모습을 보이지 않았다.

혹시 무슨 일이 있는 게 아닌가 의문을 가질 무렵.

백아린의 시선이 문 쪽으로 향했다.

아직 도착한 것은 아니지만 이쪽으로 다가오는 인기척을 감지했기 때문이다.

그녀의 시선이 입구로 고정됐고, 이내 문이 열리며 바깥에서 누군가가 안으로 들어왔다. 그쪽으로 시선을 주고 있던 백아린이었기에 도착한 상대를 곧장 확인할 수 있었는데……

모습을 드러낸 상대를 확인한 그녀가 꿈틀했다.

상대의 모습이 다소 기이했기 때문이다.

긴 장포를 눌러 써서 얼굴을 가린 상대가 방 안으로 서둘러 들어서며 포권을 취했다.

"이런, 기다리게 해서 죄송합니다."

상대의 말투는 어눌했다.

순박해 보이면서도 선한 어투는 얼굴을 가린 겉모습과는 달리 사람의 긴장을 풀어지게 만들었다.

자리에서 일어선 백아린은 얼굴을 보이지 않는 상대의 외관을 가볍게 훑고는 이내 답했다.

"오늘 이곳에서 뵙기로 한 분인가요?"

"예, 우선 이걸."

말과 함께 다가온 상대가 서찰을 내밀었다. 서찰에는 백아린이 가지고 온 것에 찍혀 있는 것과 똑같은 나비 모양의 인장이 자리하고 있었다.

그것까지 확인한 그녀는 고개를 끄덕이며 받아 들었던 서찰을 되돌려 줬다.

그렇게 신분을 확인한 상태에서 상대가 입을 열었다.

"누군가 오신다고 하셨는데 이렇게 아름다우신 분을 뵙게 될 줄은 몰랐습니다. 들어와서 잘못 온 게 아닌가 하고 두리번거렸을 정도였습니다. 하하."

분위기를 좋게 하려는 듯 백아린에 대한 칭찬을 쏟아 내는 상대.

그런 그를 가만히 바라보며 백아린이 답했다.

"과찬이십니다. 그보다 본론으로 들어가죠. 물건은 확인하러 갔고, 뭔가 받아 와야 할 게 있다던데요."

"아, 잠시만요. 그걸 어디에 뒀더라."

백아린의 말에 품을 뒤적이던 상대는 이내 안쪽에서 천으로 말아 둔 무엇인가를 꺼내 들었다. 그러고는 그걸 백아린을 향해 내밀며 입을 열었다.

"우선은 이걸 보시고……."

말과 함께 백아린에게 손을 뻗던 상대의 움직임이 갑자기 빨라졌다.

휘익!

쉭!

천 안에 숨겨 둔 단검을 꺼내 든 상대는 곧장 그것을 백아린의 얼굴을 향해 내리찍었다.

무방비하게 서 있던 상태에서 갑자기 날아든 공격!

하지만…….

파앙!

날아들던 그의 공격을 백아린이 손등으로 쳐 냈다. 동시에 공격을 펼쳤던 상대가 빠르게 뒤로 몇 걸음 물러서 거리를 벌렸다.

가볍게 공격을 막아 낸 백아린이 무표정한 얼굴로 상대를 바라봤다.

참으로 재미있는 상황이었다.

암습을 펼친 당사자가 놀라고, 막상 당한 쪽은 무덤덤한 얼굴로 자리하고 있는 지금 이 모습이.

백아린에게 공격을 펼쳤던 상대. 그는 오늘 이 자리에서 그녀를 죽이기 위해 온 매유검이었다.

매유검은 아직도 얼얼한 손의 감각을 느끼며 믿기지 않는다는 듯 중얼거렸다.

"뭐야. 정말…… 제법이잖아."

장포 안에 감춰져 있는 매유검의 눈동자가 빛났다.

아슬아슬하게 막아 낸 수준이 아니었다. 마치 자신이 공격을 해 올 걸 알기라도 했던 것처럼 미리 방비가 되어 있는 듯한 느낌이었다.

백아린이 그제서야 표정을 찌푸리며 물었다.

"설마 당신 십천야야?"

"맞아."

아까의 순박하고 사람 좋아 보이는 말투는 어느새 평소 그의 것으로 돌아와 있었다.

매유검의 대답을 들은 백아린의 얼굴에 그늘이 드리웠다.

상대가 두려워서가 아니었다.

십천야가 자신에게 공격을 가해 왔다는 것.

그것이 지닌 의미를 알기 때문이다.

'결국 날 적으로 간주하고 죽이겠다고 나선 건가? 갑자기?'

십천야 쪽에서 자신을 좋아하지 않을 거라는 건 알고 있었다. 그렇지만 충분히 이용 가치가 있었고, 그들의 눈 밖에 날 만한 행동도 하지 않았다 생각했다.

그랬기에 대략 한 달 이상 무탈하게 그들의 일을 도와오지 않았던가.

그러던 중 갑자기 십천야에서 자신을 죽이기 위해 움직였다.

어떠한 이유 때문인지 지금은 알 방도가 없었다.

천무진을 도와야 하는 상황에서 십천야가 자신을 죽이려 드는 것이 답답했지만…….

백아린이 곧바로 말했다.

"당신이 매유검이겠네."

"뭐야? 어떻게 알았지?"

재미있다는 듯 물어 오는 매유검을 향해 백아린이 곧바로 답했다.

"하는 짓거리가 영 비겁한 게 그 사람한테 들은 당신이랑 딱 맞는 것 같아서."

"……그러는 너도 재수 없는 게 꼭 그놈을 닮았군."

"어라? 기분 나쁘게 만들었나 보네. 그럼 애초 내 계획이 제대로 성공한 거고."

놀리는 듯한 백아린의 말투에 매유검은 주먹을 쥐었다 펴기를 반복했다.

은근히 성질을 건드리는 상대다.

그렇지만 매유검은 최대한 흥분하지 않았다.

이깟 도발 따위는 갚아 주면 그만이니까.

매유검은 손에 쥐고 있던 단검을 백아린이 있는 방향을 향해 휙 하고 내던졌다.

피잉!

백아린은 미동도 하지 않았고, 단검은 백아린의 옆을 지나쳐 가서 벽에 틀어박혔다.

애초부터 자신을 노린 공격이 아니라는 걸 알았기에 이처럼 아무런 반응조차 하지 않은 것이다. 그리고 그런 담담한 모습이 다시 한번 매유검의 심기를 건드렸다.

단검을 던진 그의 손에는 어느새 검 한 자루가 들려져 있었다.

매유검이 말했다.

"그럼 어디 그 떠드는 입만큼 실력도 되나 한번 확인해 볼까?"

백아린을 죽이기 위해 이곳으로 왔고, 저 잘난 입으로 떠들어 댄 대가는 곧 받아 낼 생각이었다.

상대의 모습을 보며 백아린 또한 등 뒤로 손을 뻗었다.

스르르릉.

커다란 대검이 백아린의 손바닥 위에 자연스레 자리했
다. 가녀린 체구의 여인, 그렇지만 세상의 그 누구보다 이
커다란 대검이 잘 어울리는 무인이기도 했다.

대검을 든 백아린의 몸에서는 범상치 않은 기운이 풍겨
져 나왔다.

그녀가 대검을 든 채로 매유검을 향해 까닥였다.

"덤벼."

상대의 도발에 매유검의 몸에서 기운이 폭발했다.

그리고…….

콰아아앙!

커다란 굉음과 함께 두 사람이 자리하고 있던 건물이 산
산조각 나며 그 잔해가 사방으로 튕겨져 나갔다.

동시에 부서지는 건물 안쪽에서 두 사람의 몸이 허공으
로 치솟아 올랐다.

슈슈슈슉!

매유검의 몸이 허공에서 빠르게 백아린을 향해 접근해
가더니, 이내 손에 들린 검이 현란하게 움직이기 시작했다.

뻗어지는 검은 뱀처럼 백아린을 감으며 들어왔고 공격
하나하나에는 날카로운 검기가 마치 실처럼 이어져 파고들

었다.

밀려드는 공격을 보며 백아린은 허공에서 몸을 회전시켰다. 그녀의 대검이 팽이처럼 돌며 밀려드는 모든 공격을 받아쳤다.

카카캉!

시원한 소리와 함께 검이 밀려 나가는 그 순간.

매유검이 허공에서 방향을 비틀며 더욱 빠르게 움직이더니, 이번엔 아래로 하강했다.

순식간에 바닥에 착지한 그의 손이 움직였다.

드드드득!

그의 검이 허공으로 치솟는 찰나 놀라운 변화가 일어났다. 바닥의 땅이 갈라지며 균열이 생긴 그대로 위를 향해 솟구친 것이다.

파앙!

백아린의 아래를 노리고 펼친 공격.

밀려드는 성난 대지를 확인한 백아린의 선택은 간단했다.

그녀의 손에 들린 대검이 움직였다.

서컹!

소리와 함께 밀려오던 땅이 잘려 나갔다. 이번엔 허공에서 백아린의 공격이 이어졌다.

우우웅.

울려오는 소리와 함께 두꺼운 검기가 유성우처럼 쏟아졌
다.

파파파파팡!

매유검이 재빠르게 옆으로 이동하며 공격을 피해 내는
사이 백아린 또한 바닥에 착지했다.

그녀는 그곳에서 멈추지 않았다.

다다다다닷!

매서운 속도로 달려드는 그녀의 대검이 바람을 가르며
날아들었다. 빠르고 강렬한 공격. 매유검은 빠르게 검을 세
워 들고 날아드는 공격을 받아 냈다.

그렇지만 그 힘이 워낙 강했던 탓인지 매유검의 몸이 뒤
로 붕 뜨며 밀려 나갔다.

동시에 백아린의 몸에서 폭발하듯 밀려 나온 무형의 기
운이 주변을 뒤덮었다.

그것은 흡사 벼락처럼 위에서 아래로 꽂혔다.

퍼퍼퍼펑!

연달아 쏟아지는 폭발 속에서 매유검은 서둘러 좌우로
몸을 비틀며 거리를 벌렸다.

잠깐의 격돌.

그렇지만 그것만으로 이미 주변은 엉망이었다.

땅은 들쑥날쑥했고, 곳곳에 커다란 구멍들이 생겨나 있었다.

그런 엉망인 대지 위에 마주 선 상태에서 매유검이 슬며시 소매를 입가에 가져다 댔다.

그리고 떼어 낸 소매에는 붉은 피가 묻어 나와 있었다.

장포로 가려져 보이진 않았지만 매유검의 눈동자는 놀람으로 가득했다.

방금 전 있었던 격돌.

공격을 받아 내긴 했지만 밀려든 힘 때문에 입으로 소량의 피가 터져 나온 것이다.

매유검은 그제야 여태까지 들어온 그 말들의 의미를 체감할 수 있었다.

왜 반조가 이 여자를 조심하라고 했는지.

어째서 천무진이 죽고 싶다면 이 여인과 싸워 보라고 조롱했는지도.

이 백아린이라는 자.

매유검이 생각했던 것 이상의 고수였다.

자신이 먼저 피를 토해 낸 사실에 자존심이 상한 매유검은 이를 갈았다.

부드득.

동시에 눈앞에 있는 상대를 향한 살의는 더욱 크게 치솟

았다. 이렇게 피를 토해 내게 만든 대가를 반드시 치르게
하리라.

그때 다시금 달려들려던 백아린이 멈칫했다.

'치잇, 역시 혼자가 아니었던가.'

처음 싸움을 시작할 때만 해도 주변에는 아무도 없었다.
그렇지만 작은 소란이 일기 시작하자 어느샌가 구름떼처럼
수많은 이들의 기척이 주변으로 몰려오고 있었다.

그녀가 최대한 담담하게 말했다.

"혼자 상대할 것처럼 굴더니 그게 아니었나 봐?"

주변을 포위하기 시작한 인원들이 이미 장원 바깥을 빼
곡히 채우고 있었다.

그 숫자가 최소 몇백 명은 될 정도로 어마어마한 숫자다.
더군다나 멀리 떨어져 있음에도 불구하고 느껴지는 강렬한
기운들.

지금 이곳을 포위한 자들은 그저 머리 숫자만 채운 어중
이떠중이들이 아니었다.

대단한 실력자들.

그런 이들이 백아린 하나를 죽이기 위해 이곳을 에워싸
고 있었던 것이다.

눈앞에 있는 매유검이라는 존재.

거기다가 지금 주변에 나타난 엄청난 숫자의 무인들까지.

언제나 자신만만한 백아린이지만······.

'쉽지 않겠는데.'

사실 쉽지 않다는 말로도 표현하기 어려운 상황이었다.

그만큼 최악이었으니까.

하지만 그게 끝이 아니었다.

휘리릭!

장원의 담장 위쪽으로 모습을 드러낸 노인의 얼굴을 보는 순간 백아린의 표정이 더욱 일그러졌다.

그 노인의 정체를 알아차린 탓이다.

'우내이십일성 추풍량?'

최악보다 더한 최악이 있다는 사실에 백아린은 헛웃음이 흘러나올 지경이었다.

실로 막막할 수밖에 없었다.

우내이십일성의 한 명과 십천야의 매유검을 동시에 상대해야 하는 걸로 모자라 수백에 달하는 무인들까지 적이다.

주변을 스윽 둘러보는 백아린의 눈가가 슬며시 떨려 왔다. 지금 이 상황이 얼마나 위험한지 직감하고 있기 때문이다.

과연······ 이곳에서 살아 나갈 수 있을까?

덩달아 그녀는 자신과 떨어진 한천에 대한 걱정이 밀려들었다.

차라리 이들이 노리는 것이 자신만이라면 좋을 텐데 지금 분위기를 보면 결코 한천 또한 그냥 놔두지는 않았을 거라는 예상이 들었다.

그런 그녀의 상념을 깬 것은 다름 아닌 맞은편에 자리하고 있던 매유검이었다.

까앙!

검으로 바닥을 후려치며 분노를 표출한 그가 매서운 기세를 뿜어내고 있었다.

매유검이 소리쳤다.

"백아린! 어디를 보고 있는 거냐! 네 상대는 바로 나다!"

그는 마치 자신은 안중에도 없다는 듯 주변을 확인하는 백아린의 모습에 재차 화가 치밀어 올랐다.

쏟아지는 투기에 백아린은 정신을 차렸다.

그녀가 입술을 꽉 깨물었다.

살아 나갈 수 있느냐 없느냐는 현재 고민할 문제가 아니었다.

솔직히 말해 천운이 따르지 않고서야 지금 이곳에서 살아 나간다는 건 불가능했다.

그렇지만…… 결국 할 수 있는 건 하나뿐이지 않은가.

스윽.

백아린이 자세를 잡았다.

싸운다.

그리고 계속해서 싸운다.

마지막 한 명이 남을 때까지 계속해서 싸울 뿐이다.

적이 쓰러지든 자신이 쓰러지든 결국 양쪽 중 하나가 남을 때까지.

그래야만 끝이 나는 싸움이니까.

자세를 잡는 백아린의 모습에 한껏 흥이 오른 매유검이 소리쳤다.

"박살을 내 주지! 그러니……."

그가 막 외치고 있는 그때 백아린이 갑자기 매유검을 뒤로한 채로 몸을 돌렸다.

갑작스러운 모습에 매유검이 움찔하는 순간이었다.

백아린이 생각지도 못한 방향으로 달려가기 시작했다.

타다다닷!

백아린이 향한 곳.

놀랍게도 그녀는 이곳을 포위하고 있는 수백에 달하는 무인들 사이로 날아들고 있었다.

6장. 선택
— 마지막이라 할지라도

　매유검을 뒤로한 채 적진으로 뛰어드는 백아린의 선택은
언뜻 보면 판단 착오로 비칠 수도 있었다.

　일대일 대결을 포기하고 다수를 혼자서 상대하게 되는
모양새였으니까.

　그렇지만 그건 백아린이 내린 최선의 결단이었다.

　상대가 매유검 하나였다면 선택은 달라졌을지도 모른다.

　하지만 지금 이곳에 우내이십일성 중 한 명인 추풍량까
지 있다는 사실을 확인하는 순간 그녀는 오히려 이런 위험
해 보이는 선택을 할 수밖에 없었다.

　어차피 말만 일대일의 대결이지 자신이 매유검을 압박해

나가면 결국 추풍량이 도우러 나설 게다.

그렇다면 백아린은 이미 힘이 빠진 상황에서 둘을 상대해야만 했다.

물론 그 또한 버거운 일이지만 더욱 큰 문제는 추풍량과 함께 압박하고 들어올 저 많은 숫자의 무인들이었다.

내공 소모가 큰 상황이라면 그 많은 숫자를 감당해내는 것이 어려울 수밖에 없었다.

백아린의 무공은 파괴적이고 범위 또한 크다.

이런 내공 소모가 심한 무공이니, 펼칠 수 있을 때 그 장점을 십분 발휘해야만 했다.

그랬기에 백아린은 힘이 빠지기 전에 다소 위험하더라도 상대의 숫자를 최대한 줄여 놓기로 결정을 내린 것이다.

그리고 그 시작을 알리는 굉음이 터져 나왔다.

쿠웅!

허공으로 치켜들었던 대검이 떨어지는 것과 동시에 일부 무인들이 휩쓸려 나갔다. 백아린의 대검에서 흘러나온 기운이 한쪽 공간을 아예 가루로 만들어 버렸으니까.

퍼엉.

추풍량이 이끄는 적풍대의 무인들 중 공격을 버텨 내지 못한 이들이 마치 실 끊어진 인형처럼 사방으로 나가떨어졌다.

순식간에 십여 명에 달하는 무인들이 쓰러졌지만, 이 정도로 만족할 순 없었다. 아직 이곳에는 이것의 수십 배에 달하는 이들이 자리하고 있었다.

거기다가 이제부터는 이토록 방해 없이 공격을 펼치는 것도 쉽지 않을 것이다.

매유검과 추풍량이 그냥 두지 않을 테니까.

"감히!"

부웅!

그녀의 뒤편에서 매유검의 목소리가 터져 나왔다. 동시에 날아드는 기민한 검의 움직임을 읽어 내며 백아린이 서둘러 몸을 옆으로 피해 냈다.

스윽.

검이 아슬아슬하게 스치고 지나간 직후 백아린은 다가온 매유검을 향해 주먹을 내질렀다.

파아앙!

마찬가지로 손바닥으로 받아쳐 낸 매유검은 반대쪽 손을 휘둘렀다. 그 손에 들린 검이 순식간에 공간을 찢어발겼다.

부아아악!

기괴한 소리와 함께 파고드는 날카로운 검기들, 백아린은 망설임 없이 내력을 폭발시켰다. 대검을 감싼 기운들이 사방으로 팍 하고 퍼져 나갔다.

동시에 주변으로 커다란 불기둥이 치솟았다.

쾅! 쾅쾅! 쾅!

백아린이 서 있는 곳을 기준으로 하여 원형으로 퍼져 나가기 시작한 불꽃의 고리들.

매유검은 검을 곧추세운 채로 검막을 형성해 밀려드는 폭발을 막아 냈다.

주르륵.

몸은 밀려 나갔지만, 그는 폭발 속에서 멀쩡할 수 있었다. 하지만 애초에 백아린이 노린 건 매유검이 아니었다.

이어지는 폭발에 주변의 적풍대 무인들 일부가 피해를 입고 쓰러졌다.

쓰러져 나가는 수하들의 모습에 추풍량은 분한 듯 이를 악물었다.

"이이이!"

"뭣들 해! 어서 뒤로 물러!"

매유검은 혼자서 백아린을 꺾고 싶었기에 적풍대를 전장에서 이탈시키기를 원했다.

상관인 매유검의 명령이었기에 어쩔 수 없이 추풍량은 수하들에게 포위망만 유지한 채 뒤로 물러나도록 명령을 내렸다.

하지만 그렇게 호락호락하게 물러나도록 놔둘 백아린이

아니었다.

적풍대 무인들이 뒷걸음질 치는 그사이를 백아린이 파고 들었다.

우우웅!

낮게 울기 시작한 대검에 맺힌 새하얀 검강.

그 검강은 커다란 폭풍이 되어 주변에 있는 이들을 끌어 당겼다.

"으아앗!"

몇몇 이들의 비명이 터져 나온 그때.

쾅!

폭발과 함께 일대에 자리하고 있던 무인들이 속수무책으로 밀려 나갔다.

연달아 적풍대를 노리고 공격해 들어가는 백아린의 모습에 매유검은 그녀의 저의를 확실하게 파악할 수 있었다.

그저 방심하고 있는 사이 일부 무인의 숫자를 줄이는 정도로 그칠 생각이 아니다. 그녀는 계속해서 그들을 싸움에 개입시킨 채로 자신과 맞설 생각인 것이 분명했다.

순간 추풍량의 외침이 들려왔다.

"무리입니다! 계속 그냥 피하기만 하면서 거리를 벌리다가는……!"

상황이 이렇게 되자 매유검으로서도 생각을 바꿀 수밖에

없었다. 이런 식으로 상대의 술수에 놀아난다면 자신의 꼴이 어찌 되겠는가.

결국 이긴다 한들 모두에게 우스운 모양새가 되고야 말게다.

그렇게 매유검이 생각을 정리한 직후.

주변에 있는 적풍대를 향해 다시 백아린이 움직이고 있는 그때였다.

부우웅!

밀려드는 강한 기운을 감지해 낸 그녀가 다급히 옆으로 움직였다. 그렇지만 마음먹고 시작한 매유검의 공격은 그리 가볍지 않았다.

그의 검이 계속해서 빈틈을 파고들었다.

카앙! 캉!

재빠르게 검을 밀쳐 내는 사이 매유검의 몸이 빠르게 위치를 바꾸었다.

순간적으로 뒤로 움직인 매유검의 검이 갑자기 붉게 타오르기 시작했다.

동시에 주변으로 퍼져 나가는 스산한 기운.

그걸 감지하는 순간 백아린은 직감했다.

이번엔 위험하다는 것을.

곧 매유검의 검이 폭발하듯 힘을 뿜어냈다.

지옥은환검(地獄隱煥劍)!

앞으로 내질러진 그의 검에서 붉은 기운이 마치 커다란 폭포처럼 밀려 나왔다.

예상을 훨씬 웃도는 파괴적인 일격.

백아린은 매유검이 이런 공격을 펼칠 거라고는 전혀 예상치 못했다. 그 이유는 아직도 백아린이 물고 늘어지고 있던 적풍대의 인물들이 근처에 있었기 때문이다.

그렇지만 매유검은 그런 것 따위는 아랑곳하지 않고 치명적인 공격을 쏟아 냈다.

그들의 생사 따위 전혀 신경 쓰지 않는다는 듯이.

밀려드는 커다란 힘, 그 폭발 속으로 주변 무인들이 휘말려 가는 걸 보며…….

백아린 또한 대검을 치켜들었다.

바라던 바였으니까.

그녀의 대검이 밀려드는 거센 기운을 반으로 갈라 버렸다.

쩌엉!

커다란 충격음과 함께 그들이 딛고 있던 땅이 무서울 정도로 빠르게 갈라지기 시작했다. 동시에 그 주변을 시작으로 하여 곳곳이 터져 나갔다.

쿠쿠쿵!

연달아 터져 나오는 충격음이 주변을 휩쓸고 갈 무렵. 대
검으로 밀려드는 공격을 받아 냈던 백아린이 입을 오물거
리다 침과 뒤섞인 피를 뱉어 냈다.

겉보기에는 멀쩡했지만 급하게 내력을 끌어올리며 막아
내야만 했기에 몸 안쪽에 제법 타격이 있었던 모양이다.

피를 뱉어 낸 그녀가 입을 열었다.

"자기편까지 같이 공격하다니 정말 너도 어지간히 미친
놈이네."

백아린의 말에 장포 안쪽에 자리한 매유검의 입꼬리가
비웃듯 꿈틀댔다.

"네가 원하던 게 이거잖아. 원한다면 얼마든지 맞춰 주
지. 나도 이제 이딴 놈들은 신경 쓰지 않고 널 공격할 생각
이거든."

섬뜩한 선전포고.

하지만 백아린은 그런 그의 경고에 내심 속이 쓰릴 수밖
에 없었다.

아군을 신경 쓰지 않고 공격하겠다는 매유검의 말은 어
찌 생각하면 백아린 입장에서는 호재로 보일 수도 있다.

백아린의 적들 중 일부는 매유검의 공격으로도 피해를
입게 될 테니까.

그렇지만 그건 단순히 당장 눈에 보이는 것만 생각하는

꼴이었다.

엄밀히 따지면 지금 매유검의 결정은 백아린에게 좋지 않은 상황이었다.

오히려 이들을 족쇄로 이용하여 최대한 숫자를 줄일 때까지 매유검이나 추풍량의 움직임을 제한시키는 쪽이 백아린에게는 더욱 이득이었으니까.

그 둘이 아니라면 백아린에게 치명적인 공격을 가할 만한 이가 누가 있겠는가.

그런 상황에서 매유검이 이제 아군은 전혀 신경 쓰지 않고 백아린에게 모든 공격을 쏟아붓겠다고 선언했다.

그 말은 곧 이제 백아린이 수백에 달하는 무인들을 제압하는 데 쏟아부을 힘이 줄어들었다는 의미고, 동시에 더욱 치명적인 공격이 날아들 수 있다는 뜻이기도 했다.

'골치 아프게 됐군.'

상대를 바라보는 백아린의 표정이 미세하게 찌푸려졌다.

＊　　　＊　　　＊

반조와 마주한 한천은 주변을 가볍게 둘러봤다.

주변은 이미 순식간에 몰려든 무인들로 가득했다.

그렇지만 지금 그에게 중요한 건 자신이 함정에 빠졌다는 사실이 아니었다.

한천이 입을 열었다.

"설마 우리 대장한테도 사람을 보냈습니까?"

"당연한 질문을 하네."

대답을 듣는 순간 싸늘하게 변해 있던 한천의 눈빛이 더욱 깊어졌다.

덩달아 순간적으로 주변의 공기가 낮게 가라앉았다.

그 오묘한 변화를 코앞에서 마주하고 있는 반조가 알아차리지 못했을 리 없었다. 그가 흥미롭다는 듯한 얼굴로 말을 이었다.

"당신 대체 누구야?"

여태 감춰 왔던 한천의 진짜 눈빛을 보는 순간 반조는 그에 대한 궁금증이 폭발했다.

이런 눈빛과 이런 분위기.

결코 아무나 가질 수 있는 것이 아니다.

한천이 말했다.

"내 이름이 뭔지도 모르겠다더니 이제 와서 궁금해진 모양입니다? 그새 이름을 까먹을 정도로 머리가 나쁜 사람은 아닌 것 같은데요."

"내가 묻는 건 그런 게 아니잖아. 진짜 네 정체를 물어보는 거야. 적화신루 사 총관의 부총관 한천이라는 작자 말고, 진짜 네가 누구냐고."

"그건 모르셔도 되고, 우리 대장한테는 어느 정도나 간 겁니까?"

"너한테 온 것과 전력상으론 비슷하겠지? 물론 숫자는 그쪽이 훨씬 많겠지만."

반조는 두 사람을 죽이기 위해 모인 인원들을 네 개로 나눴다.

우선은 두 사람이 있는 이 지역을 크게 포위한 이들이 있다.

이 일에는 뇌룡검대의 절반 가까이가 투입됐다.

혹시라도 외부에서 도움이 오거나, 둘 중 하나라도 도망치는 일이 벌어지지 않도록 최후의 보루로 대기시켜 놓은 병력인 셈이다.

그리고 뇌룡검대의 나머지 절반과 그들의 수장인 여명은 대기조에 속해 있다.

대기조는 상황을 보고 있다가 입구 쪽에서부터 지원을 하는 역할을 맡았다.

하지만 말이 대기조이지 위치상 백아린이 있는 곳과 가까워서 실질적으로 그쪽에 투입될 인원이라고 보는 게 맞았다.

그리고 백아린을 죽이러 간 매유검과 적풍대. 거기다가

추풍량까지.

매유검과 두 개의 부대는 그렇게 쓰였고 그 외의 나머지가 모두 이곳으로 왔다.

십천야인 반조.

그리고 우내이십일성인 두 사람조차 눈치를 볼 정도의 실력자이자, 십천야 최고의 무력 단체라 불러도 손색없을 혈기군단을 이끄는 야율인.

혈기군단은 빠르게 한천의 주위를 좁혀 오고 있었다.

반조가 재차 질문을 던졌다.

"그나저나 아직 내 말에 대답 안 한 거 같은데. 당신 대체 진짜 정체가 뭐……."

스릉.

말을 내뱉던 반조가 움찔했다.

한천이 자신의 말에는 아랑곳하지 않고 검을 뽑아 들었기 때문이다. 차가운 인상만이 감도는 얼굴을 한 그가 짧게 말했다.

"시간이 없으니 서둘러야겠군요. 비켜 주면 좋겠는데 역시 그러진 않겠죠?"

한천의 말에 반조의 표정이 기이하게 변했다.

지금 그의 말투는 흡사 이곳을 빠져나가, 백아린을 돕겠다는 것처럼 들렸으니까.

반조가 이해가 안 된다는 듯 이마를 긁적이며 중얼거렸다.

"내 눈이 잘못된 것 같지는 않은데. 이렇게 상황 파악을 못 하는 사람은 아니지 않나? 지금 네가 그쪽 걱정을 할 땐가? 본인 목숨부터 걱정해야 할 것 같은데."

"그럼 안 비켜 준다는 말로 듣고."

"이봐, 지금 내가……."

처음부터 반조의 말 따위는 전혀 듣고 있지 않았는지 한천이 가볍게 발을 굴렀다.

그 순간.

훅.

갑자기 거리를 좁혀 온 한천의 검이 반조의 목을 찌르고 들어왔다. 말을 이어 가고 있던 그로서는 기겁할 수밖에 없을 정도로 빠른 공격이었다.

당장에 목이 꿰뚫려도 이상하지 않았을 정도의 상황이었지만…….

휘잇! 퍽!

재빠르게 목을 비트는 것과 동시에 주먹을 들어 한천의 어깨를 후려쳤다.

뒤로 두어 걸음 물러선 반조가 서둘러 자신의 목을 어루만졌다. 손바닥으로 미약하긴 하지만 축축한 피가 느껴졌다.

종이에 베인 정도의 얇은 상처.

그렇지만 반조는 꽤나 놀란 눈치였다.

아무리 말을 하고 있는 상황에 펼친 급습이라고는 하지만 이렇게 자신이 당했다는 사실 자체가 놀라웠다.

한천을 바라보는 반조의 눈동자가 빛났다.

'내 예상대로 보통 놈이 아니었어.'

그리고 놀란 건 비단 반조만이 아니었다.

공격을 펼쳤던 한천 또한 적잖이 놀란 상황이었다.

이걸로 끝낼 수 있을 거라 생각하진 않았다. 그래도 제법 깊은 상처 정도는 낼 거라 생각했는데…….

순간적인 기습에도 불구하고 이토록 거의 완벽에 가깝게 공격을 피해 내는 상대라니. 십천야 중에서 손꼽히는 실력자라 들었거늘 그 말이 허언은 아닌 듯싶었다.

일전에 백아린이 꺾은 십천야인 주란이나 왕도지보다 조금 뛰어난 정도이길 바랐거늘 아쉽게도 이 반조는 그들과 완전히 다른 수준의 무인이었다.

자신이 예상했던 것보다 훨씬 뛰어난 능력을 지닌 반조의 모습에, 그를 바라보는 한천의 표정이 복잡해졌다.

가능하면 최대한 빠르게 마무리 짓고 백아린을 도우러 가려고 했다.

하지만…… 그 일은 생각보다 쉽지 않을 듯 보였다.

반조가 목에 가져다 댔던 손을 떼며 감탄 어린 목소리를 흘렸다.

"이거 점점 더 궁금하게 만드는데."

천무진 일행 중 한천이라는 사내가 있다는 사실은 알았다. 그가 적화신루의 일개 부총관과는 어울리지 않는 실력을 지녔다는 것도.

하지만 그렇다고 해도 반조는 크게 관심을 두지 않았었다.

그저 생각보다 대단하고, 이름값에 비해 뛰어난 실력을 지녔다 뿐이지 자신의 관심을 끌 만한 상대는 아니라 생각했으니까.

그랬기에 얼마 전 처음 만났을 때까지만 해도 이름조차 가물가물할 정도였다.

하지만 이제는 아니다.

평소 실실 웃고 다니던 때와는 확연하게 달라지는 이 분위기는 그가 보통 사내가 아니라는 걸 말해 주고 있었다.

이 사내의 모든 것이 궁금했다.

진짜 정체도, 그리고 온전한 실력까지도.

그러기 위해서는……

스윽.

반조가 검을 뽑아 들었다.

검을 든 그에게서 칼날 같은 기운이 쏟아져 나왔다.

당장이라도 달려들 것 같은 반조의 모습. 하지만 그는 오히려 검을 위쪽으로 추켜올렸다.

반조가 소리쳤다.

"상대는 강하다! 방심하지 말고 상대해라!"

그의 선택은 백아린과 일대일 대결을 하려 했던 매유검과는 달랐다.

반조 또한 무인이기에, 이런 강한 상대를 앞에 두면 피가 끓어오르는 것도 사실이다. 그렇지만 그는 냉철한 사내였다.

지금 이 순간 가장 확실하게 상대의 숨통을 끊을 방법을 선택한 것이다. 반조의 외침과 함께 숲속에서 하나둘씩 모습을 드러내던 혈기군단이 빠르게 거리를 좁혀 왔다.

파파팡!

수십여 개의 암기들이 한천을 향해 날아들었다.

하지만 그 정도의 공격에 당할 한천이 아니었다.

그의 신형이 날아드는 암기들 사이사이에서 마치 귀신처럼 모습을 비쳤다가 사라졌다. 순식간에 거리를 좁히고 들어오는 그의 보법을 보며 반조의 눈동자가 다시 한번 빛을 발하던 그때.

부우웃!

허공을 찢는 소리와 함께 한천의 검이 가까이에 위치해 있던 혈기군단의 선발대를 향해 치고 들어갔다.

날카로운 그의 검이 앞에 있던 상대의 목을 긋고 스쳐 지나갔다. 공격은 거기서 끝이 아니었다.

스슥, 스슥.

한천이 움직일 때마다 근처에 있던 이들이 하나둘씩 목에서 피를 뿜으며 쓰러졌다.

군더더기 하나 없는 깔끔한 움직임이었다.

한천의 움직임을 예의 주시하고 있던 반조는 그의 독특한 싸움 방식에 집중했다.

한천이 상대를 제압하는 방식은 간결했다.

큰 동작이나 파괴적인 내공으로 상대를 짓누르기보다는 적재적소에 필요한 움직임을 섞는다. 그것만으로 상대에겐 피할 수 없는 상황을 만들고, 자신은 유리한 위치를 점한다.

'싸우는 방식이 일반 무인은 아니야. 그렇지만…… 살수도 아닌데.'

중원에서 저런 식의 무공은 찾아보기 어렵다.

파괴적이고 현란한 무공이 대부분이다.

물론 빠름에 중점을 둔 쾌검 같은 것들도 있었지만 지금 한천이 펼치는 싸움과는 다소 느낌이 달랐다.

은밀하고 빠르게.

그것만 놓고 본다면 살수를 연상하게 되겠지만 분명 그
또한 아니었다.

한천의 무공은 살수의 것이라 보기에는 무게가 있었고,
또한 기의 흐름 또한 명문정파의 것처럼 정갈했다.

겉으로 뽐내기보다는 상대를 제압하는 데 중점을 둔 실
용적인 검술.

그리고 저런 검술을 쓰는 곳이라면…….

잠시 생각에 잠겨 있던 반조의 머릿속에 번개처럼 한 곳
이 스쳐 지나갔다.

그가 중얼거렸다.

"군부(軍部)?"

무림과 황실은 서로 간섭하지 않지만 그들의 무공에 대
해서는 잘 알고 있다. 그랬기에 반조는 금방 눈치챌 수 있
었다.

이런 종류의 무공이라면 황궁 쪽의 것이 분명했다.

그렇게 반조가 한천의 무공에 대해 알아차리는 사이. 쉼
없이 상대를 베어 넘기던 한천의 검이 다음 목표를 향해 날
아들었다.

그리 빠르지 않다 느꼈거늘, 검이 어느새 상대의 가슴팍
에 가 닿아 있었다.

"어……."

놀란 상대가 그저 탄성을 내지르며 무방비하게 목숨을 내놓으려는 그 순간.

카앙!

옆에서 날아든 검 한 자루가 한천의 공격을 밀쳐 냈다. 순간 몸의 균형이 무너진 한천이 옆으로 몇 걸음 물러서며 다시 자세를 잡을 때였다.

검이 날아든 쪽에서 목소리가 흘러나왔다.

"재주가 제법이오."

"……."

한천은 차가운 눈빛을 한 채 자신에게 말을 던져 온 쪽으로 슬쩍 시선을 돌렸다.

사십 대 중반의 평범한 외모.

그렇지만 그 실력 하나만큼은 결코 평범하지 않은 사내.

혈기군단을 이끄는 단주 야율인이었다.

파앙!

그가 손을 가볍게 휘젓는 순간 양쪽에서 혈기군단의 무인들이 한천을 향해 달려들었다.

순식간에 달려드는 기습에 한천이 막 그들을 향해 검을 움직이려는 찰나.

부우웅.

바람을 가르는 소리와 함께 정면에 있던 야율인이 무섭게 달려들고 있었다. 그의 두 손바닥에서 하얀빛이 쏟아졌다.

양옆에서 달려드는 이들의 공격을 받아 내려던 한천이 다급히 움직임에 변화를 줬다.

정면에서 들어오는 야율인의 공격을 받아 내기 위해서였다. 양쪽에서 치고 들어오는 공격은 옆으로 움직이는 것만으로 피해 냈고, 이내 밀려드는 야율인의 공격을 정면으로 받아쳤다.

순간 폭발이 일었다.

퍼엉!

"큭!"

한천의 몸이 뒷걸음질 치는 사이 어느덧 그의 뒤편으로 혈기군단의 다른 무인들이 자리를 잡고 있었다.

쉭쉭!

세 명의 검이 한천의 등을 노리고 빠르게 다가왔다.

이미 이런 방식의 싸움이 익숙한지 기다렸다는 듯한 움직임이었다.

한천은 손목에 이는 고통을 참아 내며 곧장 뒤편으로 검을 움직였다.

차라라랑!

세 자루의 검을 쳐 내는 것에는 성공했지만, 그들의 다른 손에는 어느덧 짧은 단검들이 들려 있었다.

퓩퓩퓩.

빈틈을 노리고 찔러 들어오는 공격에 한천은 서둘러 어깨로 상대를 밀쳐 냈다. 하지만 아쉽게도 한 명의 공격은 제대로 피해 내지 못한 탓에 결국 등 뒤에 긴 상처가 생겨 나고야 말았다.

찌이익.

옷이 찢어졌고, 동시에 등 뒤에서 화끈거리는 감각이 일었다.

한천은 자신의 등을 베고 지나간 상대의 목을 곧바로 발로 걷어찼다.

뻐억.

소리와 함께 상대는 그대로 땅에 처박혔다.

황급히 손으로 등을 어루만지며 뒤로 물러선 한천의 눈은 정면에 위치한 야율인에게로 향했다.

갑작스러운 그의 개입으로 인해 많은 숫자의 적들을 상대하면서도 전혀 흔들리지 않던 흐름이 깨졌다.

반조를 제외하고 이런 고수가 있을 거라고는 생각도 못 했던 한천이었기에 지금 이 상황이 썩 유쾌하지 않았다.

한천은 슬쩍 자신의 오른손을 내려다봤다.

방금 전의 공격.

사실 그 공격도 이 오른손만 멀쩡했다면 절대 당하지 않았을 것이다. 한천의 오른손은 엉망이었고, 일상생활을 할 때가 아닌 이런 순간에는 아무런 쓸모가 없었다.

한천은 이를 악물었다.

'이렇게 시간을 끌리고 있을 여유는 없어.'

어떻게든 최대한 빠르게 이곳을 빠져나가 백아린과 합류해야 했다.

그렇지만 결코 쉬운 일이 아니었다.

이곳을 빼곡하게 채우고 있는 혈기군단과 그들을 이끄는 야율인. 그리고 반조까지 한천을 막아서고 있었으니까.

순간 멀리에 자리하고 있던 야율인이 자신의 무기를 꺼내 들었다.

꽤나 기다란 창이었다.

일반적으로 쓰이는 창보다 대략 두 뼘 이상은 더 긴 길이.

황실의 대장군이었던 한천이기에 창에 대해서는 꽤나 빠삭했다. 하지만 그런 그조차도 지금 야율인이 들고 있는 저런 식의 창은 본 적이 없었다.

그저 긴 길이만이 문제가 아니다.

창의 뒷부분이 마치 칼날처럼 되어 있어서 뒤쪽으로 가

격당한다 해도 치명타가 될 수 있었다.

앞과 뒤가 모두 위협적인 무기.

모양새나 구조는 창의 형태지만 어쩌면 봉처럼 앞뒤 가리지 않고 휘두르는 식의 무공을 펼칠 공산이 컸다.

창을 강하게 움켜쥔 야율인이 주변에 포진해 있는 수하들을 향해 입을 열었다.

"일 조와 삼 조, 그리고 사조는 폭쇄진(爆鎖陣)을, 육 조는 팔각미로진(八角迷路陣)을 펼치고 좁혀 들어간다. 나머지는 내 움직임에 따라 반응할 수 있도록."

야율인의 명령에 한천을 포위하고 있던 인원들이 빠르게 자리를 잡았다.

사실 야율인은 직접 싸움에 개입할 생각이 없었다.

상대는 고작 한 명일 뿐이었다.

그런 상대에 자신까지 나설 이유는 없다고 생각한 것이다. 그렇지만 생각이 바뀌는 데는 그리 긴 시간이 필요치 않았다.

반조를 향한 한천의 공격에 놀랐고, 이내 그가 자신의 수하들을 휩쓸어 버리는 모습까지 봤다.

결국 야율인은 보고 있기만 할 수 없게 되어 버렸다.

한천의 주변에서 순식간에 폭쇄진과 팔각미로진이 펼쳐졌다.

폭쇄진을 펼치는 세 개 조는 각각 열 명으로 구성되어 있었고, 팔각미로진을 담당하는 육 조는 열다섯 명의 인원이었다.

그렇게 마흔다섯 명의 무인들이 한천을 진법 안에 가둔 채 주변으로 휘몰아치기 시작했다.

그러나 가장 중요한 건 역시나 그 안에서 고고하게 서 있는 야율인이었다.

그가 창을 곧추세운 채로 말했다.

"시작한다."

말과 함께 주변의 기운들이 한천을 향해 쏟아졌다.

콰콰쾅!

커다란 진법의 회오리 속에서 공격들이 사방팔방으로 날아들었다. 그 순간 한천 또한 앞으로 몸을 날렸다. 공격들 사이를 파고들며 한천은 곧장 야율인을 향해 달려들었다.

카앙!

두 개의 병기가 맞닿는 순간.

한천과 야율인의 무기가 서로를 향해 미친 듯이 몰아쳤다.

카카카캉!

주변으로 불꽃이 튀었고, 두 사람 사이에서 터져 나온 충격파로 인해 주변의 공기가 확 하고 떠밀렸다.

이내 야율인이 창을 강하게 바닥에 꽂아 넣었다.

쿠웅.

진동과 함께 충격파가 파도처럼 밀려 나갔다.

한천이 그 공격을 피하기 위해 뒤로 성큼 뛰어나가는 순간.

옆쪽에서 기다렸다는 듯 수십여 개의 검기들이 파고들었다.

한천은 서둘러 검로를 바꾸며 날아드는 검기들을 받아 내야만 했다. 그사이 반대편에서도 그를 향해 무인들이 다가서고 있었다.

카앙! 캉!

한천이 연달아 날아드는 공격들을 검으로 받아 냈고, 이내 그가 미친 듯 좌우로 몸을 흔들었다.

그의 신형이 움직이는 길을 따라 포위한 채로 공격해 들어오던 진법 또한 그의 움직임에 따라 함께 흔들렸다.

푸슉!

혈기군단의 무인 두 명이 동시에 피를 쏟으며 바닥으로 곤두박질치는 그 순간 야율인의 창이 성난 황소처럼 밀려오고 있었다.

카카카카캉! 캉!

가까스로 받아 낸 한천의 몸이 마구 뒤로 밀려 나갔다.

그렇게 야율인의 창을 어렵게 받아 내는 순간 옆쪽에서 다시 한 번 공격이 쏟아졌다.

다만 문제는…… 그 공격이 오른쪽에서 밀려들고 있었다는 거다.

'이런 젠장.'

다가오는 공격을 바라보며 한천은 속으로 욕지거리를 내뱉었다. 순간적으로 몸을 최대한 비틀어 대부분의 공격을 빗겨 냈지만, 결국 피하지 못한 장력 하나가 그를 파고들었다.

동시에 한천의 몸이 꺾이듯 휘어지며 반대편으로 밀려 나갔다.

"으윽."

주춤거리며 다시 자세를 잡은 한천이었지만 그의 표정은 일그러져 있었다.

한천이 공격에 당하자 오히려 야율인이 당황했다.

분명 자신들의 합공이 날카롭긴 했지만, 적어도 지금 자신이 손을 섞고 있는 상대가 당할 정도의 공격은 아니었다.

그 증거로 한천의 눈은 이미 쏟아지는 공격을 완벽히 읽고 있었다.

그런데 당했다?

앞뒤가 맞지 않는 이 상황에 뭔가 이상하다 생각하고 있던 야율인의 시선이 검을 쥔 채로 서 있는 한천을 살폈다.

왼쪽 손으로 검을 든 좌수검.

처음엔 특이하다 싶었을 뿐, 그냥 그러려니 하고 넘어갔던 부분이었는데…….

야율인이 움찔했다.

'설마……?'

뭔가가 떠올랐는지 야율인은 곧바로 한쪽으로 시선을 보냈다. 그러고는 그곳에 있는 수하들 중 한 명에게 전음을 날렸다.

『오른쪽이다. 저자의 오른쪽을 집중 공략해.』

명을 날린 야율인은 곧장 한천의 왼쪽으로 움직였다. 그의 손에 들린 창이 다시금 한천을 찔러 들어갔다.

장력을 허용하며 내상을 입은 한천이었지만 야율인의 공격에 재빠르게 반응했다.

밀려드는 창을 받아 냈고, 동시에 번개처럼 검로를 바꿨다.

쩌엉!

검을 막기 위해 야율인은 서둘러 창을 회전시키며 공격을 받아 내야만 했다. 이내 밀려 나가는 야율인을 향해 한천이 다가서려는 그때였다.

양쪽으로 혈기군단이 밀려들며 야율인에게 공격을 가할
기회를 막았다.

한천이 멈칫하며 자신에게 달려드는 그들을 먼저 베어
넘겼다.

촤악! 촤악!

사방으로 피가 튀어 오르는 그 사이에서 다시 한 번 야율
인의 창이 파고들었다.

쩌엉!

커다란 소리가 주변으로 울려 퍼지는 그때였다.

여태까지 똬리를 틀고 있던 팔각미로진이 한천의 오른쪽
을 노리고 밀려들었다.

팔각미로진은 여덟 개의 방향으로 치고 들어가는 협공술
이었다.

평소였다면 아무리 불편한 오른쪽이라고 한들 막아 내는
것은 어렵지 않았다.

그렇지만 지금은 왼쪽을 야율인이 압박하고 있었고, 그
를 막아 내면서 오른쪽으로 파고드는 모든 공격을 무위로
돌리는 건 불가능했다.

날아드는 검을 발로 차 내고, 최대한 몸을 움직이며 공격
을 흘려 보내긴 했지만, 팔각미로진은 그리 피한다고 해서
끝이 나는 진법이 아니었다.

이윽고 그 안에 자리한 열다섯 명의 무인들에게서 뿜어져 나온 기운이 하나가 되어 휘몰아쳤다.

콰콰콰쾅!

성난 파도가 되어 밀려드는 공격에 휩쓸린 한천의 신형이 마구 흔들렸다.

그리고…….

퍼퍼펑!

폭발 속에서 튕겨 나온 그가 땅에 내팽개쳐지듯 던져졌다. 바닥을 구른 그가 몸을 일으켜 세웠다.

힘겹게 벌린 입에서 피가 터져 나왔다.

"쿨럭."

피를 토하는 와중에서도 한천의 시선은 전방을 주시하고 있었다.

내상을 입은 사이 이어질 다음 공격에 대비하기 위해서였다.

그렇지만 야율인은 곧바로 공격할 생각이 없었다.

그가 피를 토하고 있는 한천을 바라보며 이내 확신 어린 목소리로 말했다.

"설마 했는데 내 생각이 맞았군. 당신…… 오른팔을 못 쓰는 모양이오."

야율인의 그 말에 한천은 물론이고, 거칠게 몰아붙이는

혈기군단의 싸움 방식을 방관만 하고 있던 반조조차 놀란 듯 움찔했다.

야율인이 감탄했다.

"대단하오. 처음부터 좌수검이었던 게 아니라 오른팔을 못 써서 왼손으로 검을 든 거였다니."

"……."

이어지는 칭찬에도 한천의 표정은 점점 더 굳어졌다.

오른손을 못 쓰는 것보다, 그 사실이 적들에게 노출되었다는 게 더욱 큰 문제였으니까.

이제 자신의 가장 큰 약점을 알았으니 저들은 계속해서 오른쪽을 노리고 공격해 들어올 게 분명했다.

그리고 그렇게 된다면 결국 이 싸움의 승패가 어찌 될지는 불 보듯 뻔했다.

한천의 손이 천천히 가슴팍으로 향했다.

그러고는 이내 그는 품 안에 감춰 뒀던 자그마한 전낭을 꺼내어 들었다.

하지만 전낭 안에 들어 있는 건 돈이 아니었다.

모습을 드러낸 건 새카만 단환 하나, 바로 의선을 통해 전달받았던 귀명신단이었다.

아주 잠시지만 고통을 잊게 만들고, 신체의 능력을 증가시키는 금지된 단환.

한천은 그 귀명신단을 꽉 움켜쥐었다.

알고 있다.

이 약을 먹으면 어떻게 되는지 정도는.

최악의 경우 죽게 될 것이고, 운이 좋아 산다고 한들 폐인이 될 확률이 높다. 그리고 약 기운이 사라진 후에는 엄청난 고통을 감내해야 할 것이다.

알지만…… 상관없었다.

애초에 이 귀명신단을 받을 때부터 오늘과 같은 일을 예상하지 않았던가.

백아린을 위해 언젠가는 자신의 목숨을 버릴 각오를 해 왔던 한천이다.

그리고 오늘이 바로 그날이 되었을 뿐이다.

어차피 그녀가 없었다면 지금까지 살아 있지도 못했을 운명.

한천에게는 언제나 자신보다 백아린이 더 소중했다.

단 한 명의 가족조차 없는 한천에게 그녀는 마치 딸과 같은 존재였다.

아무것도 없었던 자신에게 빛이 되어 준 아이.

그 빛을 위해서라면…… 이런 목숨 따위 얼마든지 버릴 수 있었다.

고통? 죽음?

사람인 이상 두려운 건 당연하다.

하지만 그런 것 따위가 한천의 의지를 뒤흔들 순 없었다.

슬쩍 하늘을 올려다본 그가 입을 열었다.

"뭐, 아무렴 어때."

한천은 손에 들린 귀명신단을 일말의 망설임도 없이 입 안에 쑤셔 넣었다.

목구멍을 타고 느껴지는 뜨거운 기운이 몸 전체로 퍼져 나가기 시작했다.

후회는 없었다.

고개를 치켜든 그가 피투성이인 이를 드러낸 채로 씩 웃으며 중얼거렸다.

"설령 오늘이…… 나의 마지막이라 할지라도."

7장. 혈투
─ 그대의 이름은

두둑, 두두둑.

귀명신단을 복용한 한천은 기괴한 감각을 맛보고 있었다. 단전에서부터 시작된 기운이 전신을 짜릿하게 만들었고, 온몸의 뼈가 뒤틀리는 기분이었다.

그렇지만 그것은 전혀 고통스럽지 않았다.

하지만 알고 있었다.

이것이 귀명신단을 복용한 탓에 잠시간 고통을 망각한 탓이라는 걸.

그리고 귀명신단의 약효가 끝나는 순간 지금 체감하지 못한 이 모든 고통이 날카로운 비수가 되어 돌아올 거라는 것도 알았다.

또한 그 고통은 여태까지 겪어 왔던 그 어떤 것보다 클 것이 분명했다.

하지만 모든 걸 감내하고 내린 결정.

주체하기 힘들 정도로 몸을 타고 흐르는 거대한 기운에 자신도 모르게 번쩍 고개를 치켜들었던 한천이 이내 호흡을 골랐다.

찰나의 시간이 지났을 뿐이거늘, 지금 이 자리에 있는 이는 방금 전까지의 자신과는 전혀 다른 사람이었다.

한천의 시선이 슬쩍 자신의 오른손으로 향했다.

물론 부상을 당한 이후에도 간단한 용무는 처리할 수 있을 정도였다. 하지만 지금 상태는 그때와 완전히 달랐다.

꿈틀거리는 손가락에 담긴 힘이 느껴졌다.

마치…… 예전처럼.

그렇게 한천이 잠시 감회에 젖어 있던 찰나, 야율인의 명령이 떨어졌다.

"약점을 이용한다 해서 비겁하다 생각지 마시오. 저자는 오른팔을 쓰지 못하니, 그쪽을 집중 공략하라!"

야율인의 명령에 혈기군단 무인 중 십여 명이 재빠르게 오른쪽으로 회전했다. 동시에 다른 네 명이 방어하기 힘들게 하려는 듯 왼쪽으로 치고 들어갔다.

부우웅!

바람을 가르며 네 사람의 신형이 한천의 좌측을 기준으로 사방을 점하며 치고 들어왔다.

그들의 손에 들린 무기에서 검기들이 쏟아져 나왔다.

사사삭.

귓가를 파고드는 바람을 가르는 소리.

하지만 더욱 위험한 건 오른쪽에서 소리 없이 다가오고 있는 십여 명에 달하는 이들이었다.

그리고 그들의 뒤편에는 맹수와도 같은 사내, 야율인이 함께 움직이고 있었다.

창을 치켜세운 그가 매섭게 날아들었다.

그들은 한천의 약점을 파악했다 판단해서인지 대놓고 오른쪽에 공격을 집중했다. 반면 왼쪽은 한순간만 한천의 손을 잡아 둘 정도의 병력을 배치해 둔 상황.

분명 방금 전이었다면 위험했을 것이 분명한 공격이지만…….

피잉.

한천이 쥐고 있던 검을 가볍게 허공으로 던져 버리더니, 이내 빠르게 몸을 회전시켰다. 그의 손바닥에서 뻗어져 나온 장력이 왼쪽에서 달려들던 이들을 매섭게 덮쳤다.

순간적으로 주변을 물들이는 금빛 기운.

그 금빛 기운은 날아드는 검기들을 순식간에 집어삼키는 걸로도 모자라 뒤편에 달려들던 이들까지 휩쓸었다. 동시에 한천은 손을 뻗어 허공으로 던져 올렸던 검을 움켜쥐려고 했다.

순간 오른편으로 달려들던 무인들도 그에 맞춰 반응했다.

몸을 회전하는 바람에 방향이 바뀌긴 했지만, 그 정도를 뒤쫓는 건 그리 어렵지 않았다. 그들이 굳이 곧바로 공격할 수 있는 왼쪽을 버리고 오른쪽으로 몸을 튼 건 그곳이 한천의 약점이라 여겼기 때문이다.

그리고 당연히 한천이 허공으로 띄워 올린 검을 움켜쥐는 것도 왼손일 거라 여겼다.

그런데…….

움찔.

달려들던 야율인의 눈썹 끝이 순간적으로 흔들렸다.

일순 거짓말처럼 세상의 모든 것이 천천히 움직이는 느낌이 들었다. 동시에 밀려드는 알 수 없는 불안감, 그리고 떨어져 내리는 검을 향하는 한천의 손은 바로…….

'오른손!'

야율인은 앞장서서 달려드는 수하들을 향해 서둘러 소리치려고 했다.

멈추라고. 당장 멈추고 옆으로 피하라고 말이다.

그렇지만 아쉽게도 그럴 여유 따위는 없었다. 오른손이 상대의 약점이라 확신한 탓에 자신이 당할지도 모른다는 상황은 전혀 염두에 두지 않았던 탓이다.

야율인은 서둘러 창을 정면으로 세웠다.

그리고 그 순간 한천의 손에서 시작된 금빛 강기가 파도가 되어 주변을 덮쳐 왔다.

콰콰콰콰쾅!

바닥이 물결처럼 치솟아 올랐고, 그 앞에 존재하는 모든 것이 박살 났다.

우두두두두.

하늘로 솟구쳤던 돌들이 매섭게 쏟아져 내렸다.

마치 비라도 된 것처럼 말이다.

그런 한천의 공격을 정면으로 받게 된 십여 명에 달하는 혈기군단의 무인들은 그 행적을 찾을 수도 없었다.

단 한 명.

창을 세운 채로 버티고 선 야율인을 제외하고는.

그렇지만 가까스로 공격을 막아 낸 야율인의 상태 또한 멀쩡하지는 않았다.

양쪽 소매가 터져 나갔고, 그의 창을 기점으로 하여 양옆으로 커다란 구덩이가 생겨나 있었다. 그곳에 버텨 선 야율인의 입으로 주르륵 피가 흘러내렸다.

순식간에 금빛 강기로 주변을 휩쓸어 버린 한천이 검을
어깨에 걸쳤다.

툭.

검을 쥐고 있는 그의 손.

다시 한 번 확인해도…… 오른손이었다.

이해가 안 간다는 듯 야율인이 입을 열었다.

"분명 그 오른손은……."

못 쓰지 않았냐는 말을 억지로 삼키고 있는 그때. 한천이
검을 쥔 자신의 오른손을 슬쩍 들어 올리며 입을 열었다.

"오른손 말입니까? 보시다시피 멀쩡한 것 같은데."

파바바박!

한천의 그 말이 떨어지기 무섭게 주변으로 혈기군단이
빠르게 포위망을 재구성했다.

순간적으로 열 명이 훌쩍 넘는 이들을 쓸어 버렸지만 그
건 아직 일부에 불과했고, 그것에는 비교도 안 될 정도로
많은 이들이 이곳에 남아 있었다.

처음 모습을 드러내서 지금까지 벌어진 수차례의 격돌.

그 과정에서 혈기군단의 무인 중 서른 이상이 죽었다.

최소 일류에서 절정의 경지에 오른 무인들로 구성된 정
예 부대인 혈기군단이 한 명을 상대로 이리도 쩔쩔매고 있
다는 건 그만큼 상대가 대단하다는 의미였다.

야율인이 손등으로 입가에 묻은 피를 닦아 냈다.

'……중원에 이런 숨겨진 고수가 있었단 말인가.'

사실 그는 자신했었다.

중원에서 자신을 이길 수 있는 존재는 기껏해야 다섯이 안 될 거라고. 그런데 놀랍게도 처음 보는 상대에게서 뿜어져 나오는 기운에 자신이 짓눌리고 있었다.

그리고 그건 야율인만의 문제가 아니었다.

혈기군단 모두가 뛰어난 무인들인 만큼, 그들은 방금 전 한천이 뿜어낸 무위가 얼마나 충격적인 것인지 피부로 체감하고 있었다.

적들 사이에 흐르는 기류가 한천에게도 느껴졌다.

자신과 마주하고 있는 그들의 눈빛에 있는 건 두려움이었다.

한때는 익숙했지만, 이제는 잊고 있었던 그런 분위기였다.

'이 기분 오랜만이네.'

기분이 썩 괜찮았지만, 아쉽게도 이런 감정에 취해 있을 여유는 없었다. 백아린을 구해야 하는데, 귀명신단의 약효가 얼마나 갈지 알 수 없기 때문이다.

그리고 당장에야 자신이 이들을 밀어붙이고 있지만 그렇다고 해서 승부를 십 할 장담할 수는 없었다.

아직까지도 뒤편에 선 채로 자신을 바라보고 있는 저자.

십천야의 반조.

'우선은 저자부터 싸움터로 끄집어내야겠군.'

그리고 그러기 위해서는……

우우웅.

황금색의 빛이 한천의 검 끝으로 밀려들었다. 이내 그 기운들이 커다란 구슬이 되어 허공으로 갈라졌다.

금력대환파(金力大丸破).

스스스스스!

내력이 가득 담긴 구슬들이 한천의 주변으로 빼곡하게 차올랐다.

순간 한천이 땅을 강하게 내리밟으며 주변으로 내공을 폭발시켰다. 그러자 주변에 생겨났던 금색 구슬들이 기다렸다는 듯 사방으로 쏟아져 나갔다.

피잉! 핑!

동시에 한천의 몸이 회전하며 남아 있던 구슬들이 마치 바람에 휩쓸린 것처럼 정면으로 날아들었다. 그곳에는 이들을 이끄는 야율인이 자리하고 있었다.

야율인은 자신을 노리고 날아드는 금색 단환 모양의 공격을 보며 서둘러 창을 움직였다.

츠츠츠!

창끝에 맺힌 강기가 날아드는 공격을 갈랐다.

파바바방.

미칠 듯이 회전하는 그의 창이 수십여 개가 넘는 단환 모양의 기운들을 막아 냈다. 그렇지만 야율인과는 달리 혈기군단의 무인들 대부분은 그걸 막아 낼 능력이 없었다.

쿵!

사방에서 혈기군단 무인들이 금색 기운에 적중당한 채 바닥으로 쓰러졌다.

순식간에 즉사를 한 이들도 제법 됐으니, 부상자들은 속출할 수밖에 없었다.

나자빠지는 수하들의 모습을 본 야율인의 얼굴이 붉게 변했다. 평소 그리 흥분하지 않는 그답지 않게 지금은 머리 끝까지 화가 치민 것이다.

공격을 받아 내기 위해 주춤거리며 물러섰던 야율인이 살기를 띤 채로 달려들었다.

"으아아아!"

그의 손에 들린 창이 움직였다.

순간 여덟 갈래의 거대한 기운이 기다렸다는 듯 땅을 가르며 한천을 향해 밀려들었다. 뒤쪽에 있는 혈기군단을 베어 넘기던 한천은 서둘러 몸을 비틀며 검을 휘둘렀다.

카카카캉!

두 개의 힘이 충돌하는 순간 주변으로 커다란 충격파가 생성됐다. 동시에 한천과 야율인의 몸이 서로 뒤편으로 밀려 나갔다.

그사이 한천의 뒤편에 자리하고 있던 혈기군단의 무인들 중 세 명이 밀려나는 그를 기습했다.

스스슥.

빠르게 베고 지나가는 검.

한천은 그것들을 빠르게 피해 냄과 동시에 세 사람의 머리를 강하게 후려쳤다.

공격을 가했던 세 사람이 바닥에 떨어진 사이 한천은 슬쩍 자신의 허벅지를 바라봤다. 셋 중 한 명의 공격이 허벅지를 베고 지나가고야 만 것이다.

검기가 실린 공격이었기에 상처는 제법 깊었지만, 한천은 아무렇지 않게 자세를 잡았다.

귀명신단의 효과로 고통도 잊었기 때문이다.

'생각보다 더 위험한 약이군.'

고통을 잊는다는 것. 그건 그만큼 무모해질 수 있다는 뜻이기도 했다.

팔다리가 잘려 나가도 모를 정도로 무감각해지는 상태로 어찌 제대로 된 생각을 할 수 있단 말인가.

그랬기에 황궁에서도 실험을 중지한 이 귀명신단의 위험

성을 한천은 자신의 몸을 통해 똑똑히 체험하고 있었다.

한천의 시선에 창을 강하게 쥔 채 옆으로 조금씩 걸음을 옮기는 야율인의 모습이 들어왔다.

그러자 한천 또한 덩달아 반대로 움직이며 그와의 거리를 유지했다.

귀명신단을 복용해서 신체의 능력도 올라갔고, 예전처럼 오른팔을 자유자재로 쓸 수 있다고는 하지만 상대는 만만치 않은 자다.

방심은 금물이었다.

야율인이 입을 열었다.

"……그대의 이름은?"

반조가 그러했던 것처럼 야율인 또한 오늘 자신이 죽이기 위해 온 한천의 이름을 알지 못했다.

그저 적화신루의 부총관이라고만 알았고, 그거면 충분하다 생각했으니까.

하지만…… 이제는 아니다.

알고 싶었다.

저 사내의 이름을.

그 목소리에 담긴 마음을 알아서일까?

한천이 씩 웃으며 답했다.

"한천."

"그 이름 기억하겠소."

말과 함께 창을 고쳐 잡는 야율인을 향해 한천이 특유의 어투로 말했다.

"기억은 내가 해야지 않겠습니까. 죽는 건 당신일 텐데."

"아쉽게도 그럴 일은 없을 것 같소."

자세를 고쳐 잡은 그의 등 뒤에서 성난 맹수와도 같은 섬뜩한 기운이 뿜어져 나왔다.

생각보다 피해가 컸지만, 그렇다고 해서 결과가 달라지지는 않을 것이다.

이곳에 온 것은 혈기군단과 자신.

그리고 반조까지 있었으니까.

그런 야율인에 맞서 한천 또한 자신의 힘을 뿜어내기 시작했다.

금빛 기운이 한천을 뒤덮었다.

이미 상대의 실력을 안 이상 야율인 또한 모든 걸 걸 생각이었다.

끓어오르는 기운.

동시에 몸 주변으로 폭발하듯 힘이 터져 나갔다.

쿠카카캉!

그리고 그 힘을 몸에 담은 채로 야율인이 내달렸다. 야율인의 창끝에서 아지랑이처럼 피어올랐던 붉은 기운이 곧장 수십여 개의 형체로 돌변했다.

적파아수라(赤波阿修羅)라는 이름의 초식이었다.

야율인이 자랑하는 절초 중 하나였고, 이 무공의 파괴력은 가히 상상 이상이었다.

주변의 것들이 그런 야율인의 기운에 반응하듯 빨려 들어갔다.

공격은 그것이 전부가 아니었다.

주변에 있던 혈기군단 또한 약속되어진 절초들을 펼치며 한천에게 달려들고 있었다.

몰려드는 날카로운 공세들 속에서 한천은 가볍게 숨을 내쉬었다.

검을 쥔 오른손의 핏줄이 꿈틀했다.

오른손을 다치고 수십여 년간 봉인해야만 했던 무공이 한천의 손을 따라 다시금 세상에 모습을 드러내고 있었다.

대장군부 무예 십이식 절초.

금황천(金皇天)!

우우웅!

허리와 무릎을 반쯤 굽힌 상태로 뒤로 움직인 한천의 검에서 커다란 금빛 기운이 무서울 정도로 빠르게 밀려들었다.

그리고 적들의 공격이 한천에게 닿으려는 그 찰나!

번쩍!

금빛 기운을 담은 검이 허공을 갈랐고, 순간 주변으로 금빛 물결이 출렁였다.

콰아앙!

일순 주변의 모든 것이 흔들렸고, 동시에 커다란 폭발이 사방에서 터져 나왔다.

하늘로 수많은 이들이 솟구쳐 올랐다가 고꾸라졌고, 그들 가운데로 무수히도 많은 충격파들이 연이어 밀려 나왔다.

콰콰쾅! 콰앙!

그렇게 큰 소란과 함께 모든 것이 씻겨 나갔을 때, 인근에 자리하고 있던 많은 게 달라져 있었다.

지형지물도 아까의 흔적을 찾아볼 수 없었고, 순간적으로 달려들었던 혈기군단의 수많은 무인들 또한 모습이 보이지 않았다.

먼지가 걷힌 그곳에는 검과 창을 맞댄 채로 서 있는 두 사내만이 자리하고 있을 뿐이었다.

쏟아지는 수백여 개에 달하는 공격을 받아 내야만 했던 한천은 이마에서 터져 나온 피로 얼굴을 적셨고, 입고 있는 옷 또한 갈기갈기 찢어진 상태였다.

너덜너덜해진 옷 사이로 드러난 그의 신체 곳곳은 깊은 상처들로 가득했다.

물론 그런 한천과 마주한 야율인의 상태 또한 좋지 않은 건 매한가지였다.

창을 쥔 손은 아예 가죽이 벗겨졌는지 피투성이였다. 거기다가 그 또한 몸 곳곳에 부상을 입은 상태였는데, 특히나 목과 어깨 부분에는 꽤나 깊은 상처를 입어 연신 피가 쏟아져 나왔다.

겉보기에 상태가 더 나빠 보이는 건 한천 쪽이었지만 그래도 그가 입은 부상의 대가는 톡톡히 받아 낸 상태였다.

이번 공격 하나만으로 달려들던 혈기군단의 무인들 오십여 명을 쓸어버렸으니까.

이제 혈기군단의 남은 인원 숫자는 고작 백여 명에 불과했다. 처음 나타났을 때에 비하면 반밖에 되지 않는 숫자였다.

엄청난 격돌.

그 격돌에도 전혀 움직이지 않은 채로 그저 두 사람이 싸우는 걸 바라보고만 있던 반조의 눈동자에 확신이 서렸다.

궁금했다.

한천이 펼치는 무공의 정체가 무엇인지.

군부의 무공인 것 같다는 건 아까부터 생각 중이었지만,

이번 격돌을 보며 확신할 수 있었다.

반조가 나지막이 입을 열었다.

"……찾았다."

쥐고만 있던 검에 힘을 불어넣으며 반조가 마침내 움직이기 시작했다. 그는 두 사람의 전장 속으로 성큼성큼 걸어 들어가며 중얼거림을 이어 나갔다.

"재밌네. 이런 곳에서 대장군부 무공 금황천을 보게 될 줄이야."

* * *

검은 든 채로 다가서던 반조가 소리쳤다.

"단주! 나도 개입하겠습니다."

여태까지 혈기군단과 야율인이 싸우는 걸 관전만 하던 그다. 그렇지만 이제 궁금했던 모든 것에 해답을 찾았고, 야율인 혼자서는 감당할 수 없는 상대라는 것까지 확인했다.

자신까지 나서는 건 최후의 선택으로 미뤄 뒀었지만……

반조의 말에 야율인이 맞대고 있던 한천의 검을 거칠게 밀어냈다.

파앙!

허공에서 폭발음이 터짐과 함께 두 사람이 순식간에 떨어졌다. 거리를 벌린 둘은 가볍게 숨을 몰아쉬었다.

피투성이가 된 얼굴, 그렇지만 둘 모두의 기운은 여전히 강렬했고 눈빛 또한 조금도 죽지 않았다.

빠르게 야율인의 옆으로 다가온 반조가 주변을 포위하려 하는 혈기군단을 향해 소리쳤다.

"다들 반경 오십 장 바깥으로 물러나라!"

지금 이 상태로 싸웠다가는 십천야가 자랑하는 혈기군단이라는 이름이 영영 사라질지도 모른다.

그랬기에 반조는 우선 그들에게 물러나라 명했다.

이미 혈기군단의 절반가량이 죽는 피해를 입었다. 여기서 더 큰 피해를 입을 수는 없었다.

한천의 실력은 직접 눈으로 확인을 끝냈다.

생각보다 더욱 뛰어난 실력, 다만 문제는 중간에 갑자기 기운이 돌변하며 아까와는 완전히 다른 사람이 되어 버렸다는 거다.

그전까지만 해도 이 정도의 피해는 전혀 예상치 못했고, 그로 인해 방심한 대가로 혈기군단은 씻을 수 없는 피해를 입게 된 것이다.

반조가 손에 들린 검을 빙글빙글 돌렸다.

전장이 아닌 마치 밤 산책이라도 나온 듯한 유유자적한 모습에서는 여유와 함께 고수로서의 느낌이 은은히 풍겨 나왔다.

반조가 한천과 마주한 채로 말했다.

"방금 그거 금황천이지?"

한천이 펼쳤던 무공을 언급하며 그가 물었다. 금황천을 단번에 꿰뚫어 본 반조의 말에 한천이 움찔했다. 아무리 무림에 몸담은 인물이라 해도 황궁의 무공까지 아는 경우는 드물다.

하물며 그것이 일부의 사람에게만 전해지는 비기라면 더더욱 그랬다.

한천이 대답을 하지 않았음에도 불구하고 이미 반조는 확신하고 있었다. 그랬기에 그가 말을 이었다.

"대장군부의 숨겨진 절초인 금황천을 익힐 수 있는 사람은 단둘뿐이지."

손가락 두 개를 펴 보인 반조가 곧바로 덧붙였다.

"황제 아니면…… 대장군."

말을 끝낸 반조가 슬쩍 한천의 위아래를 훑어봤다. 피투성이의 야수와도 같은 그를 보며 반조가 작게 고개를 젓고는 입을 열었다.

"그런데 황제가 이곳에 나와 있을 리는 없고. 작금의 황제는 무공에도 전혀 관심이 없으니까. 그렇다면 그쪽 정체는 대장군이라는 건데. 그런데 그것도 이상하단 말이야. 난 지금 대장군의 얼굴을 알거든. 그렇다면…… 당신은 누구지?"

하지만 한천은 반조의 질문에 답하지 않았다.

애초에 자신의 정체를 밝힐 생각도 없었고, 한가로이 수다를 떨 여유도 없었으니까.

한천은 대답 대신 행동으로 답했다.

피잉!

날아오른 그가 반조를 향해 득달같이 달려들었다.

캉! 카카캉!

두 사람의 검이 연신 충돌하며 불꽃이 튀어 올랐다.

고작 한 번의 숨을 내뱉을 정도의 짧은 순간, 한천과 반조의 검이 서로를 향해 수십 차례 움직였다.

그사이 한천의 검이 빠르게 반조의 팔뚝을 베고 지나갔다. 그리고 동시에 스쳐 지나가던 반조 또한 한천의 옆구리를 벴다.

반조는 팔뚝이 베이는 감각에 움찔했다.

반면 귀명신단 덕분에 고통을 느끼지 못하는 한천은 달랐다.

그가 다친 것에는 아랑곳하지 않고 곧바로 몸을 비틀며 검을 휘둘렀다.

휘익!

뒤에서 날아드는 공격을 반조가 눈으로 좇을 때였다.

카앙!

옆에서 야율인이 서둘러 공격을 받아 냄과 동시에 반조의 검이 빈틈을 헤집고 한천을 향해 쑤시고 들어갔다.

창과 충돌하며 검이 반대편으로 튕겨져 나간 상황.

그 상황에서 한천은 자신을 향해 찔러 들어오는 검 쪽으로 한 치의 망설임도 없이 손바닥을 움직였다.

타앗.

손바닥으로 가볍게 검을 밀쳐 낸 한천의 몸이 반보 정도 앞으로 기울었다.

동시에 그의 팔꿈치가 반조를 파고들었다.

퍼억!

정확하게 명치를 노리고 날아든 공격. 그렇지만 반조는 이 또한 팔뚝으로 막아 냈다. 그러고는 가까이 붙어 있는 한천을 향해 재빠르게 검을 휘둘렀다.

휘잇!

한천이 위쪽으로 치고 올라가는 반조의 검을 뒤로 몸을 젖히며 피해 낸 사이, 옆에서 야율인이 다가왔다.

부웅, 붕.

창이 앞뒤로 회전하며 한천의 좌우를 공격했다. 한천은

재빨리 균형을 잡음과 동시에 검을 수평으로 세워 간단하게 공격을 밀쳐 냈다.

그러고는 창을 휘두른 야율인을 향해 발을 움직였다.

한천의 발끝에서 뿜어져 나온 각풍이 회오리처럼 밀려 나갔다.

동시에 그의 검에 다시금 금빛 기운이 맺혔다.

서걱.

귀신처럼 움직이는 한천의 움직임에 따라 야율인의 어깨에서 피가 터져 나왔다. 하지만 그건 치명상은 아니었고, 야율인도 지지 않고 한천의 발등을 향해 창을 찔러 넣었다.

푹!

발등을 꿰뚫리는 걸 피해 내긴 했지만, 창이 발목을 베고 지나갔다. 그걸 보는 순간 야율인의 얼굴에 일순 화색이 돌았다.

발목을 베는 순간 서둘러 창의 방향을 바꾼 야율인이 거칠게 찔러 들어갔다.

'좋아! 균형이 무너졌으니 곧바로…….'

당연히 몸을 지탱해 주는 발을 다쳤고, 그로 인해 주춤할 거라 여겼다. 그렇지만 그건 보통 인간이었을 때의 이야기였다.

고통을 모르는 한천은 전혀 머뭇거리지 않았으니까.

창을 내뻗던 야율인의 눈동자가 흔들렸다.

'이런!'

너무도 멀쩡하게 버티고 서 있던 한천이 오히려 자신보다 빠르게 공격을 펼치면서, 검이 얼굴을 노리고 날아들었다. 이대로는 치명상을 입게 될 만한 위기였다.

순간 야율인은 선택을 내렸다.

그는 밀려드는 검을 향해 어깨를 들이밀었다. 서둘러 호신강기와 모든 내력을 집중하긴 했지만, 한천의 검은 거칠 것 없이 야율인의 어깨를 꿰뚫었다.

푸욱!

터져 나오는 피와 함께 야율인의 표정이 일그러졌다.

그렇지만 그 상태에서도 야율인은 다음 움직임을 이어가고 있었다.

쉽사리 검을 뽑지 못하도록 몸을 비트는 순간 옆에 있던 반조가 사이로 파고들었다.

서컹.

검이 한천의 배를 그으며 스쳐 지나갔다.

한 치만 더 깊었어도 치명타가 되었을 공격.

그래도 이번엔 꽤 깊은 상처였고 당연히 반응이 있을 거라 생각했거늘…….

부웅!

재차 공격을 이어가려던 반조가 예상치 못하게 날아드는 한천의 검에 서둘러 뒤로 물러나야만 했다.

간신히 피해 낸 반조는 순간 당황스러운 듯 한천을 살폈다.

아무리 급박한 상황이라고는 해도 배에 깊은 상처를 입은 것 따위는 아랑곳하지 않고 검을 휘두르다니…….

배에서 피가 줄줄 흘러내리고 있음에도 불구하고 한천은 아무렇지 않게 야율인과 붙고 있었다.

카카카캉!

튕겨져 나가는 야율인을 향해 한천의 검과 손에서 동시에 공격이 퍼부어졌다.

"푸웃!"

검을 막아 냈지만 결국 비집고 들어온 손바닥은 피하지 못한 야율인이 입에서 거칠게 피를 토하며 주춤거렸다.

그가 균형을 잃은 몸을 간신히 창으로 지탱하는 그때, 한천이 날아올랐다.

파파파팟!

수십여 개의 금빛 검기가 야율인을 향해 날아들었다.

그 순간 반조가 빠르게 야율인의 앞으로 다가가 검을 들어 올렸다. 그의 검을 기점으로 하여 새하얀 검막이 피어오르며 쏟아져 내리는 검기를 막아 냈다.

콰앙!

순식간에 주변이 먼지가 되어 흩날렸다.

그리고 그 사이로 반조가 치솟아 올랐다.

부웅!

검이 떨어져 내리는 한천을 향해 날아들었고, 한천 또한
질세라 재빠르게 반응했다.

카앙! 캉!

빠르게 서로를 향해 검을 휘두르던 두 사람의 몸이 동시
에 바닥에 착지했다. 발이 닿는 순간 한천과 반조는 곧장
서로에게 몸을 튕겼다.

서로를 향해 뻗어진 두 개의 검.

그렇지만 상대에게 먼저 닿은 것은 한천의 검이었다.

피잇!

검이 허벅지를 벴고, 반조의 공격은 아슬아슬하게 빗나
갈 수밖에 없었다.

"으읏."

반조가 짧은 비명을 토해 내는 사이 한천이 재차 공격을
쏟아부으려 했지만, 이번엔 야율인이 대신해서 길을 막아
섰다.

뒤이어 날아드는 창이 길목을 막는 걸로 모자라 빠르게
한천의 다리 사이를 파고들었다.

피잉! 핑!

창날이 한천의 허벅지 한쪽을 훑고 지나갔다.

그 때문에 다리에서도 피가 쏟아져 나왔지만…….

번쩍!

뛰어오른 한천의 주먹이 곧장 야율인을 후려쳤다.

황급히 창을 세우며 막아 낸 그가 속으로 혀를 내둘렀다.

'도대체 어떻게 생겨 먹은 자이기에 이리도 멈출 줄을 모른단 말인가.'

부상이 생기고말고 계속해서 밀어붙여 대는 한천의 모습은 흡사 앞만 보고 달리는 말처럼 느껴졌다.

순간 한천의 몸이 회전했다.

파라라락.

날카로운 금빛 강기들이 주변으로 흩어지며 근방의 것들을 파괴했다. 그런 그의 공격에 반조와 야율인은 동시에 호신강기를 불러일으켰다.

거칠게 밀려오는 강기의 사이에서 반조와 야율인 또한 움직였다.

파앙!

둘이 쏘아 올린 강기가 동시에 한천이 있는 곳을 뒤덮었다. 두 사람의 공격을 동시에 받아 낼 수는 없었기에 한천은 빠르게 자리를 이동하며 공격을 이어 나갔다.

슈슈슈슉.

한천 특유의 날카롭고 실용적인 검술이 빠르게 밀려들었다.

세 사람이 뒤엉킨 싸움에서 두 개의 빛줄기들이 연신 한천을 조여 들어갔다. 결국 한천은 반조의 발길질에 복부를 맞고 뒤로 밀려 나갔고, 그에 맞춰 창을 휘두르는 야율인의 공격에 황급히 몸을 날려 거리를 벌렸다.

"후우."

한천이 짧게 숨을 토해 냈다.

연달아 밀려드는 두 사람의 공격을 혼자서 막아 내는 건 무척이나 힘든 일이었다.

'시간이 별로 없는데…….'

둘과의 싸움이 길어질수록 한천은 점점 초조해질 수밖에 없었다.

그리고 그런 그를 바라보는 반조의 심정 또한 복잡했다.

솔직히 말해 지금의 이 싸움은 자신들에게 더 유리하긴 했다. 두 사람도 꽤나 큰 부상들을 입긴 했지만, 혼자서 싸워야 했던 한천에 비할 바가 아니었으니까.

하지만 문제는 지금 이것이 공정한 대결이 아니었다는 점이다.

우내이십일성의 수준에 도달한 야율인과 십천야에서도

손꼽히는 초고수인 반조까지.

그런 자신들이 동시에 상대하고 있음에도 불구하고 상대
는 크게 밀리지 않고 있었다.

스윽.

반보 정도 발을 뒤로 뺀 반조의 몸에서 살기가 흘러나왔다.

동시에 그의 검에서 크고 매서운 강기가 피어올랐다. 마
치 하늘을 찌르기라도 할 것처럼.

우우우웅!

울려 대기 시작한 검명.

그리고 그런 반조의 움직임에 맞추어 야율인 또한 내력
을 끌어올렸다. 그의 창에도 강기가 꿈틀거리기 시작했다.

두 사람의 무기에서 피어오르는 강기를 보며 한천 또한
검에 내력을 불어넣었다. 그러자 기다렸다는 듯 금색 빛이
그의 검을 감싸 안았다.

반조와 야율인이 먼저 강기가 휩싸인 무기를 든 채로 한
천을 향해 달려들었다.

그리고 그에 반응하듯 한천 또한 앞으로 내달렸다.

콰앙! 쾅!

세 사람이 뒤엉킨 싸움터에서는 연신 폭발음이 터져 나
왔다. 강기가 휩싸인 무기들의 충돌은 그저 그것으로 끝이
아니었다.

검과 검이 닿을 때마다.

검과 창이 충돌할 때마다.

마치 폭탄이 터진 것과도 같은 굉음과 함께 주변의 많은 것들이 박살 나 버렸다.

길어지는 세 사람의 싸움으로 인해 그들이 자리한 이곳은 점점 폐허가 되어 가고 있었다.

쏴아아아!

밀려드는 힘에 결국 한천이 그대로 밀려나며 반대편으로 날아가 처박혔다.

콰드드득.

땅을 부수며 파고들었던 한천이 그 안에서 벌떡 몸을 일으켜 세웠다. 그러고는 이내 아무렇지도 않다는 듯 피투성이인 몸을 이끌고 전방을 향해 달려들었다.

금빛 강기가 주변으로 고리처럼 회전했다.

한천이 재빠르게 검을 앞으로 움직였다.

그러자 주변으로 돌고 있던 고리 모양의 검환들이 기다렸다는 듯 요동쳤다.

쏟아지는 금빛 검환들.

반조가 그것을 향해 자신의 힘을 뿜어냈다.

크르릉.

낮게 울리는 지축. 그에 맞춰 높게 치켜든 반조의 검이 검게 물들었다.

그가 강하게 검을 아래로 내리찍었다.

그러자 반조의 검에 맺혀 있던 검은 강기가 마치 벼락이라도 된 것처럼 사방으로 뻗어져 나갔다.

두 개의 힘이 충돌하며 그 가운데 공간에는 커다란 충격파와 함께 회오리가 휘몰아쳤다. 근처에 있던 세 사람을 곧장 날려 버릴 정도로 강렬한 회오리가.

콰콰쾅!

세 사람은 각자 다른 방향으로 날아가 그대로 처박혔다.

개중에 가장 먼저 일어난 건 이번에도 한천이었다.

고통을 모르는 그는 아무렇지 않게 곧바로 몸을 일으켜 세우며 앞을 향해 내달리기 위해 몸을 기울였다.

그런데…….

울컥.

갑자기 입을 통해 비릿한 피 맛이 느껴졌다.

동시에 한천의 입술 사이로 한 사발은 족히 될 정도로 많은 양의 피가 뿜어져 나왔다.

푸우우웃.

허공으로 피를 뿜은 한천은 주춤거리며 뒷걸음질 쳤다.

피를 토한 탓에 새하얗게 질린 얼굴로 한천이 슬쩍 자신의 오른손을 내려다봤다.

그리고 자신의 손을 확인하는 순간 한천의 눈동자가 흔들렸다.

오른손이 떨리고 있었으니까.

미세한 경련.

한천은 곧 오른손의 상태가 나빠질 거라는 걸 직감했다.

그가 주먹을 강하게 움켜쥐었다.

'망할 오른손아! 조금만…… 아주 조금만 더 버텨다오.'

평생 오른손을 쓰지 못해도 좋았다.

설령 죽는다 해도 상관없다.

하지만…… 아직은 안 된다.

8장. 허락
— 여기는 우리가 맡는다

　한천의 몸 주변으로 다시금 몰려들기 시작한 기운이 세상을 금빛으로 물들였다.

　손에서 이상 신호가 느껴졌고, 이 상태로 얼마나 더 버틸 수 있을지 장담할 수 없는 지금 어떻게든 빨리 처리를 해야만 했다.

　스윽.

　바닥을 향해 내려트린 검이 작게 떨려 왔다.

　몰려들기 시작한 힘이 그만큼 강렬했기 때문이다. 지금 한천이 펼치려고 하는 무공은 아까 전 혈기군단의 무인들 오십여 명을 일격에 쓸어버린 금황천이라는 초식이었다.

그걸 눈치챈 반조는 빠르게 내력을 끌어모으며 한천의
공격에 응수할 준비를 했다.

금황천이 어떠한 초식인지 알고 있는 반조다.

그랬기에 어느 정도의 파괴력을 지녔는지도 얼추 알고
있었다.

반조가 빠르게 야율인에게 전음을 날렸다.

『단주, 절초로 상대해야 합니다.』

그의 전음에 야율인은 작게 고개를 끄덕였다. 직접 이 금
황천을 몸으로 받아 봤던 야율인이다. 그런데 지금 모여드
는 내공은 아까보다 더욱 강대했다.

아마도 경험해 보았던 것보다 더 강렬한 공격을 염두에
두어야 할 게다.

반조에게서는 새하얀 기운이, 야율인에게서는 붉은 기운
이 몽글몽글 피어올랐다.

반조의 음살마혼강기(陰殺魔魂罡氣)와 야율인의 혈류신
강(血流神罡)이 동시에 발현되기 시작했다.

음살마혼강기나 혈류신강 모두 두 사람의 무공들 중에서
파괴력으로는 첫손에 꼽히는 것들이었다. 그 같은 초식으
로 상대해야 할 만큼 금황천이라는 초식이 지닌 힘은 커다
랬다.

스윽.

한천이 몸을 굽히는 듯싶더니 이내 검을 천천히 뒤로 움직였다. 그러고는 곧바로 검에 실린 힘을 쏟아 냈다.

금빛 물결이 출렁이는 순간 기다렸다는 듯 반조와 야율인 또한 자신들의 무기에 실린 내력을 전력을 다해 쏘아 보냈다.

그런데…….

부아아앙!

앞으로 요동쳐 나오는 듯했던 금빛 물결이 갑자기 다시금 한천에게로 몰려들었다. 그 모습을 보는 순간 음살마혼강기와 혈류신강을 쏘아 낸 두 사람의 안색이 굳어졌다.

어느덧 금황천의 기운을 검으로 완전히 빨아들인 한천이 어딘가를 향해 달려가고 있었다.

그건 다름 아닌 야율인.

그가 있는 쪽이었다.

자신의 손에 조금씩 이상 신호가 온다는 걸 감지한 순간 한천은 이미 결단을 내렸던 것이다.

'위험하더라도 승부를 본다.'

이대로 계속해서 둘과 동시에 손을 섞는다면 결국 자신이 질 거라는 걸 알고 있던 한천이다. 그랬기에 한천은 자신이 다칠지언정 상대를 완벽하게 제압할 수 있는 수법을 생각했다.

결국 자신이 이 싸움에서 이기기 위해서는 반조나 야율인 둘 중 하나를 먼저 무너트려야 한다.

그렇다면 둘 중 조금이라도 약한 야율인을 표적으로 삼아 확률을 높이기로 한 것이다.

한천은 금황천을 검에 실은 채로 야율인을 향해 매섭게 달려들었다. 그의 손에 들린 검이 쏘아져 오는 혈류신강을 반으로 갈랐다.

쩌엉!

손바닥이 찢겨 나갈 것만 같은 강렬한 기운.

그렇지만 한천은 이를 악물었다.

여기서 밀려 나가면 모든 것이 끝이다.

사실 지금 이런 식의 공격을 가하는 건 또 하나의 위험이 따랐다.

그건 바로 지금 뒤편에서 다가오고 있는 묵직한 무엇인가였다. 급히 방향을 튼 반조의 음살마혼강기가 한천을 뒤쫓고 있었다.

기회는 찰나!

손에 들린 검이 야율인의 강기를 반으로 갈라냈고, 그는 그 틈으로 이미 상대를 향해 밀려들고 있었다.

순식간에 거리를 좁히고 들어간 한천이 검을 치켜들었다.

그의 검 주변으로 회오리치는 금빛 강기를 보며 야율인의 안색이 새하얗게 변했다.

금황천(金皇天) 진(眞)!

금황천의 힘을 검에 실어 직접적으로 타격을 입히는 변형된 초식이었다.

야율인은 밀려드는 공격을 받아 내기 위해 황급히 내공을 끌어올렸지만…….

쾅!

"커어억!"

그의 몸이 피를 뿌리며 뒤로 꺾였다.

치명상에 가까운 공격이 야율인에게 적중했고, 그로 인해 수십여 개의 상처들과 함께 짜릿한 손맛까지 느껴졌다.

하지만…….

한천은 황급히 고개를 돌렸다.

이미 지척으로 다가온 반조의 강기가 한천을 뒤덮고 있었다.

예상보다 더욱 빠른 공격.

한천은 서둘러 내력을 끌어올리며 손으로 그 강기를 받아 냈다.

퍼엉!

폭음과 함께 한천 또한 허공으로 치솟았다가 바닥으로

곤두박질쳤다.

반조의 막강한 내력이 실린 일격을 정면으로 받아 냈으
니 그 타격이 큰 건 당연했다.

갑작스러운 한천의 선택으로 인해 한참 싸움을 벌여 대
던 세 사람 중 둘이 거의 전투 불능의 상태가 되어 바닥에
쓰러졌다.

한천에게 당한 야율인은 바닥에 누운 채로 연신 피를 토
해 내고 있었고, 그대로 뒀다가는 곧 숨이 끊어질 정도의
치명상을 입은 듯 보였다.

마찬가지로 바닥에 널브러져 있는 한천을 바라보며 반조
가 이해가 안 간다는 듯 입을 열었다.

"이 무슨 멍청한 작전이지? 이런 식으로 했다가는 너도
움직이지 못하게 되는데, 그러면 그런 몸으로 나머지 인원
들은 어떻게 상대하겠다고……."

반조가 자신 있게 말하는 그때였다.

바닥에 쓰러져 있던 한천이 천천히 자리에서 일어났다.
그는 피투성이였고, 이미 신체의 곳곳은 엉망이 되어 있었
다.

그런데도 불구하고 한천의 표정은 아무렇지 않았다.

한천이 이토록 무모한 작전을 펼칠 수 있었던 이유 중 하
나는 바로 이것이었다.

귀명신단.

고통을 느끼지 못하게 만들어 주는 단환이니, 서로 타격을 입어 움직이기 힘들게 된다면 자신이 이득일 거라는 결론에 도달했던 거다.

어차피 주어진 시간도 많지 않고 서둘러야 하는 상황이다. 그러니 한천의 이 결정은 무모해 보였지만, 결국 지금 자신이 처한 입장을 잘 알기 때문에 할 수밖에 없는 선택이기도 했다.

엉망이 된 몸으로도 이전과 다를 바 없이 검을 들어 올리는 한천의 모습은 다소 기괴하기까지 했다.

한천이 아무렇지 않게 반조를 향해 다가오며 입을 열었다.

"어이, 이번엔 당신 차례……."

말을 하던 한천이 갑자기 멈칫했다.

방금 전까지는 괜찮았던 신체. 그런데 갑자기 배를 시작으로 하여 작은 고통이 파문처럼 퍼져 나가기 시작했다.

동시에 일순 다리에 힘이 풀렸다.

털썩.

바닥에 무릎을 꿇고 앉은 한천은 억지로 검을 지팡이 삼아 몸을 일으켜 세웠다.

귀명신단의 효과가 그리 길지 않을 거라는 건 알았지만 이건 생각보다 훨씬 짧았다.

그만큼 한천이 격렬한 싸움을 벌이며 신체에 부담이 갈 정도로 많은 내력을 사용했고, 또 그만큼 많은 타격을 입은 탓이었다.

한천은 분한 듯 고개를 푹 수그렸다.

'대장……'

백아린을 구해야 했다.

그녀는 한천에게 너무도 소중한 사람이었으니까.

그렇지만 과연 지금의 몸 상태로 얼마나 더 할 수 있을까?

조금씩 몸에서 기운이 빠져나가고 있다는 게 체감되고 있지만, 한천은 애써 정신을 집중시키며 몸의 균형을 잡았다.

그 순간 입에서 한 줄기 피가 주르륵 흘러내렸다.

새카만 피는 한천이 적지 않은 내상을 입었다는 걸 말해주고 있었다. 그리고 그걸 반조가 눈치채지 못했을 리 없다.

'상태가 엉망이야. 그런데 어떻게 움직일 수 있는 거지?'

이해가 안 되는 상황이었다.

그렇지만 중요한 건 한천에게 버틸 만한 힘이 얼마 남지 않았다는 거다.

함께 싸우던 야율인이 쓰러진 지금 반조는 다른 방식의 싸움을 선택했다.

"혈기군단 전원 나의 명을 따른다!"

그들을 이끄는 야율인은 전투 불능의 상태였고, 생존해 있는 반수가량의 혈기군단은 자신들의 격돌에서 피해를 입지 않도록 오십 장 정도 뒤에 대기시켜 둔 상황이었다.

그렇지만 이제 다시금 혈기군단이 움직일 때가 된 것이다.

엉망이 된 한천, 이제 혈기군단으로 마지막 마무리를 할 시기였다.

반조는 곧장 그들에게 명령을 내렸다.

"눈앞에 있는 표적을 사살하라."

명령이 떨어지자 자신들의 상관이 당했다는 사실에 분노하고 있던 그들이 매섭게 달려들었다.

남아 있는 혈기군단의 숫자만 대략 팔십에서 구십 명 사이.

그 많은 무인들이 한천을 향해 다가오고 있었다.

점점 빠져나가는 힘과 흐릿해져 가는 시야를 느끼며 한천은 간신히 두 발로 버티고 섰다.

지금 이 상황에서 자신이 할 수 있는 선택은 하나밖에 없었으니까.

'……한 명이라도 더.'

번쩍!

한천의 검이 순식간에 혈기군단의 무인들을 베어 넘겼다.

동시에 옆에서 찔러 들어오는 공격이 옆구리를 베고 지나갔다. 그렇지만 한천은 아랑곳하지 않고 손으로 상대의 목을 비틀었다.

그가 시야를 가리는 피를 소매로 닦아 내며 적들을 향해 다가갔다.

'한 명이라도 더!'

그렇게 혈기군단의 무인들을 마구잡이로 휘젓고 있던 그 순간.

퍼억!

한천이 누군가를 쓰러트리는 사이 그 틈을 파고들어 온 검이 그대로 한천의 어깨에 틀어박혔다. 동시에 다른 방향에서 뻗어져 나온 검은 무릎을 쑤시고 들어왔다.

한천은 양손으로 더욱 깊게 박히려는 검들을 움켜쥐었다. 날카로운 날을 그대로 쥔 탓에 양손에서는 피가 줄줄 흘러내렸다.

날을 쥐고 있는 한천이 하얗게 질린 얼굴로 입술을 꽉 깨물었다.

"으아아아!"

곧 고함 소리와 함께 한천은 자신에게 검을 찔러 넣은 두 명의 상대를 팔꿈치로 강하게 쳐 냈다.

동시에 몸에 박힌 두 자루의 검을 뽑아내며 그대로 자신에게 공격을 가했던 그들을 베어 넘겼다.

지금 한천의 모습은 흡사 한 마리의 상처 입은 맹수와도 같았다.

다 죽어 가는 것처럼 비틀거리는 와중에서도 다가오는 모든 이들을 베어 넘기는 그의 모습에 혈기군단 무인들은 자신들도 모르게 겁을 집어먹은 것처럼 뒷걸음질 쳤다.

그렇지만 이내 그들은 또 한 번 휘청이는 한천을 보며 용기를 얻었다.

혈기군단 무인들이 다시금 한천의 앞을 막아섰다.

허나 그는 거침이 없었다.

촤악! 촤악!

한천의 검이 길을 막아 대는 그들의 숨통을 연달아 끊어 냈다. 물론 한천 또한 멀쩡하기는 힘들었다. 혈기군단 또한 그에게 공격을 가했고, 지금의 상태로는 그 모든 걸 피해 낼 수 없었기에 한천의 몸에는 연달아 크고 작은 상처들이 생겨났다.

피잉. 핑.

팔과 다리, 그리고 볼에서도 핏줄기가 튀어 올랐다.

하지만 한천을 건드린 대가로 달려들었던 그들 모두는 곧바로 숨통이 끊어졌다.

한천은 비틀거리다가 힘겹게 고개를 저었다.

아직은 쓰러져서는 안 됐다.

한천의 시선이 향하는 곳은 다름 아닌 반조가 있는 곳이었다.

그 순간 그의 시야로 혈기군단 무인 하나가 끼어들었다. 그가 한천에게 달려들며 소리쳤다.

"죽어!"

자신의 심장을 노리고 날아드는 검을 한천은 있는 힘껏 몸을 틀어 피해 냄과 동시에 상대의 목을 그어 버렸다.

엉망인 몸으로도 혈기군단의 무인들을 휩쓸어 버리는 한천의 모습에 결국 뒤편에 있던 이들은 다른 선택을 내렸다.

바로 암기였다.

슈슈슈슈슉!

자신을 향해 쏟아져 나오는 암기들을 보며 한천은 내력을 끌어올려 그것에 저항했다.

그렇지만 개중 일부가 빈틈을 헤집고 들어와 한천의 몸에 틀어박혔다. 치명타가 될 만한 곳은 어떻게든 지켜 냈지만, 온몸 곳곳에서 피가 쏟아져 나왔다.

가뜩이나 좋지 않았던 몸 상태에서 암기까지 박히자 한천은 거의 쓰러질 정도로 비틀거렸다.

그렇지만 한천은 그 와중에도 억지로 몸을 지탱하며 검을 휘둘렀다.

검에 맺힌 금빛 검기가 주변으로 퍼져 나갔다.

콰콰쾅!

암기를 뿌려 댔던 이들이 있는 곳을 순식간에 초토화시킨 한천이 소리쳤다.

"뭐야, 이 분위기는! 다 죽은 사람 하나에 겁이라도 먹은 건가!"

한천의 외침에 혈기군단이 움찔하며 서로의 눈치를 살폈다.

다른 이들도 아닌 자신들이 고작 한 명에게 이토록 쩔쩔맨다는 건 상상조차 하지 못했던 일이다.

그렇지만 지금 이 상황을 경험해 본다면 누구라도 이해할 것이다.

저처럼 다 죽어 가는 사람에게서 뿜어져 나오는 강렬한 기운이 얼마나 두려움을 느끼게 만들고 있는지.

한천이 멈춰 서 있는 이들에게 손짓하며 말을 이었다.

"무서워할 필요 없어. 난 곧 죽을 테니까. 그러니까 그 전에…… 다 죽여 줄게."

숨이 끊어지기 전까지 이들 모두를 죽인다.

그것이 지금 한천이 하고자 하는 마지막 임무였다.

비틀거리는 한천이 백아린이 있을 방향을 바라보며 자조 섞인 미소를 지었다.

'미안합니다, 대장. 아무래도 전 여기까지인가 봅니다.'

한천은 간절히 바랐다.

자신은 비록 이렇게 죽게 될지라도 백아린 그녀만큼은 반드시 무사히 살아남기를.

그리고 그 조그마한 희망을 위해서 한천은 이곳에 있는 모두를 죽일 생각이었다.

이 엉망인 몸을 이끌고.

반송장처럼 힘들어하면서도 혈기군단을 곤란하게 만드는 한천의 모습에 반조도 다시금 이 싸움에 끼어들기로 결단을 내렸다.

그렇게 한천이 비틀거리며 혈기군단의 무인들을 향해 걸음을 옮기는 바로 그때.

"죽긴 누구 마음대로 죽는다는 거야. 감히 내 허락도 없이 죽으려고?"

갑자기 들려온 익숙한 목소리에 한천이 움찔했다.

순간 그는 믿기지 않는다는 표정으로 목소리가 들려온 쪽으로 고개를 돌렸다.

아직까지도 해가 뜨지 않은 어두운 숲.

그리고 그 숲 안쪽에서 긴 머리카락을 바람에 휘날리며 위풍당당하게 걸어오고 있는 한 사내의 모습이 눈에 들어왔다.

한천은 이것이 꿈인지 현실인지 가물가물한 상태로 입을 열었다.

"……단엽?"

말을 내뱉는 한천을 확인한 단엽은 입술을 깨물었다. 한천의 상태는 좋지 못했다.

손은 심하게 부어올랐고, 온몸에 성한 곳은 보이지 않았다.

피투성이에 엉망이 된 신체까지.

거기다 몸 곳곳에는 아직까지도 자잘한 암기나, 무기가 박혀 있었다.

그걸 보는 것만으로도 부아가 치밀었다.

그렇지만 단엽은 최대한 동요하지 않으려 애썼다.

살아 있으니까.

살아 있는 것만으로 충분했다.

다가오는 단엽을 발견한 반조는 처음엔 당황했다. 이곳에 그가 나타날 거라고는 생각지 못했으니까. 하지만 이내 반조는 침착하게 상황을 판단했다.

단엽의 등장은 분명 예상하지 못한 일이었지만…… 다행히도 자신은 건재한 상태였다.

거기다가 혈기군단 또한 적당히 남아 있는 상황이지 않은가.

이 정도 인원이 뒷받침해 준다면 자신이 다소 부상을 당했다 한들 단엽 정도 꺾는 건 불가능하지 않을 거라는 판단이 내려졌다.

반조가 말했다.

"어리석군. 굳이 죽을 곳을 찾아오다니. 쥐 죽은 듯이 살았다면 조금 더 살 수 있었을 텐데 말이야."

반조의 말에 단엽이 이죽거렸다.

"개소리하고 자빠졌네."

"뭐?"

곧바로 터져 나온 욕설에 반조가 반문하는 그때였다.

단엽이 곧바로 말을 받았다.

"호랑이한테 쥐새끼처럼 살라고? 그게 되겠냐? 이 머저리야."

"큭큭! 하여튼 여전하네."

단엽 특유의 자신만만한 말투에 한천은 자신도 모르게 웃음을 흘렸다.

온몸이 조금씩 차갑게 식어 갔고, 숨을 쉬기도 힘들어졌다.

그래도 이상할 정도로 유쾌했다.

단엽이 돌아왔다는 사실에 스스로 이해하기 어려울 만큼 기분이 좋았다.

한천이 힘겹게 입을 열었다.

"단엽, 혹시라도 내가 죽으면 곧장 우리 대장을 도와주러……."

"시끄러워. 재수 없게 죽긴 누가 죽는다는 거야?"

약한 소리를 하려는 한천을 향해 단엽이 괜히 더 아무렇지 않은 척 목소리에 힘을 주어 말했다.

그러고는 이내 그가 말을 이었다.

"망할 자식, 죽으면 용서 못 한다. 그러니까…… 조금만 더 버티고 있어."

말을 마친 단엽이 걸음을 멈췄다.

그러고는 반조를 노려보며 천천히 말을 덧붙였다.

"이제부터 여기는 우리가 맡을 테니까."

"우리?"

의미심장한 단엽의 말에 반조가 되묻는 그때였다.

스스스슥.

단엽의 뒤편 멀리에서부터 일련의 무리들이 하나둘씩 모습을 드러내기 시작했다.

그들의 숫자는 순식간에 백 명 이상으로 늘어났다.

붉은 글씨로 홍(紅)이라는 글자가 박힌 무복을 입고 있는 이들.

대홍련이었다.

*　　　*　　　*

한천이 한참 반조와 야율인, 그리고 혈기군단과 싸우던 그 시각, 백아린 또한 상황은 별반 다르지 않았다.

그녀는 십천야의 한 명인 매유검과 우내이십일성인 추풍량, 거기다 추풍량이 이끄는 적풍대까지 상대하고 있었으니까.

이들의 싸움은 꽤나 거칠게 이루어지고 있었다.

쾅!

백아린의 대검이 적풍대가 모여 있는 정중앙으로 떨어져 내렸다. 검에서 쏟아진 기운에 적풍대 무인들이 휩쓸리듯 밀려 나갔다.

순간 그녀의 위쪽으로 매유검이 날아들었다.

파앙!

백아린이 빠르게 몸을 회전하며 날아드는 그의 공격을 받아 냈다. 매유검의 일격은 꽤나 강렬했다.

주변에 그의 아군인 적풍대가 있는 것 따위는 아랑곳하

지 않은 만큼 말이다.

퍼버벅!

괜히 말려든 적풍대 무인들이 매유검의 일격에 튕겨져 나갔다. 그렇지만 처음부터 그랬던 것처럼 매유검은 그들이 어찌 되든 전혀 관심이 없었다.

지금 그가 원하는 건 오로지 하나.

백아린의 목숨이었으니까.

그 덕분에 함께 싸우고 있는 추풍량은 죽을 맛이었다.

자신의 수하들이 매유검의 공격에 휩쓸려 피해를 입고 있는 걸 보고 있기만 할 수밖에 없었기 때문이다.

적풍대 무인들 사이에서 시작된 두 사람의 격돌이 연달아 이어졌다.

카카카캉! 캉캉!

백아린의 대검이 사방팔방을 가리지 않고 미친 듯이 휘몰아쳤다. 커다란 크기에 어울리지 않는 기민한 공격에 매유검의 몸이 마구 뒤로 밀려 나갔다.

연신 뒷걸음질 치던 매유검이 불만스러운 소리를 토해 냈다.

"큿!"

실로 믿기 어려운 힘이었다.

한 손으로 저런 대검을 장난감처럼 휘두르고 있거늘, 막상 막아야 하는 입장에서는 천근의 쇠망치를 받아 내는 기분이었다.

그 정도의 힘을 지닌 공격이 연달아 쏟아져 나온 탓에 검을 쥔 손바닥은 터질 것처럼 얼얼했다.

날아드는 대검의 반동을 이용해 슬쩍 뒤편으로 움직인 매유검이 검을 움직였다.

스윽.

날카롭게 날아든 검기가 백아린의 옷깃을 스치고 지나갔다. 그렇지만 공격을 흘려 낸 그녀는 곧장 대검을 땅에 박아 넣으며 그대로 내력을 분출했다.

콰드드득!

땅이 터져 오르며 매유검을 덮쳤다.

매유검이 그 공격에서 빠져나가는 사이 수하들에게 최대한 뒤편으로 자리 잡으라는 수신호를 보내던 추풍량이 따라붙었다.

추풍량은 권사였다.

권법과 장법으로 이름을 떨친 인물이었고, 그의 손바닥은 부수지 못하는 것이 없다 이야기할 정도로 파괴적인 무공을 구사하는 인물이었다.

한빙구유장(寒氷九幽掌)이라는 이름의 장법이 추풍량의 손바닥에서 뿜어져 나왔다.

순간적으로 주변의 공기가 얼어붙은 듯한 착각이 일었고, 이내 추풍량의 손에서 뿜어져 나온 장력이 백아린을 노리고 날아들었다.

그건 날카로운 얼음 칼이 되어 주변을 뒤덮었다.

파앙!

허공으로 치솟아 오르며 공격을 피해 낸 백아린이 곧장 추풍량을 향해 대검을 내려쳤다. 맹렬하게 떨어져 내리는 대검의 압박감 때문이었을까?

추풍량은 공격을 받아 내기보다는 피하는 걸 선택했다.

그가 가까스로 옆으로 비켜서는 순간 백아린의 발이 움직였다.

쩌엉!

얼굴을 그대로 적중당한 추풍량이 옆으로 나뒹굴었다. 허나 치명타는 아니었기에 그는 곧바로 자리를 박차고 일어났다.

"이런 망할!"

화가 나는지 버럭 소리를 내지르는 추풍량의 얼굴은 새빨갛게 달아올라 있었다. 그렇지만 백아린은 그런 그의 반응에는 아랑곳하지 않은 채 이어지는 매유검의 공격에 반응했다.

스스슥!

매유검이 검을 내뻗는 순간 검 끝이 흔들리며 일곱 개의 잔영들이 백아린을 덮쳐 갔다. 동시에 검이 기기묘묘한 변화를 보이며 피하기 어려운 방위로 파고들었다.

백아린은 뒤로 껑충 뛰면서 거리를 벌렸지만, 매유검의 공격은 집요했다.

꼬리에 꼬리를 물듯 따라붙는 검 끝에서 검기가 폭발했다.

파파파팡!

땅으로 쏟아지는 검기로 인해 흙먼지가 일어나는 찰나, 그 안쪽에서 새하얀 백의를 입은 백아린이 날아올랐다. 그녀는 너무도 멀쩡한 상태로 곧장 대검으로 아래를 겨눴다.

백아린의 몸이 허공에서 맹렬하게 회전했다.

동시에 그녀의 몸 주변으로 나선형의 고리 일곱 개가 모습을 드러냈다.

검왕의 무공인 나선칠선파(螺旋七線波)였다.

콰콰콰콰쾅!

그녀의 대검이 휘둘러진 방향에 있던 이들 모두가 박살이 날 수밖에 없을 정도로 어마어마한 폭발이 일었다.

그렇지만 정작 그곳에 있던 매유검은 너무도 멀쩡하게 그곳에서 빠져나왔다.

아슬아슬하게 나선칠선파의 영향권에서 벗어나는 그를 확인한 백아린이 애써 아쉬움을 달랬다.

'역시 그때 붙어 본 십천야랑은 실력 자체가 다르네.'

주란에게는 꽤나 치명적이었던 나선칠선파였거늘 매유검은 이 공격을 어렵지 않게 빠져나왔다. 고작 가벼운 생채기 한두 개 정도가 전부였다.

하지만 애초부터 이 공격은 매유검만 노리고 펼친 게 아니었다.

매유검에게도 타격을 줬으면 좋았겠지만, 그것이 실패한다 한들 그곳에 있던 적풍대에겐 치명타가 될 거라 생각했다.

그리고 그건 백아린의 예상대로였다.

쏟아지는 강기에 꽤 많은 적풍대 무인들이 휩쓸려 나가 떨어졌으니까.

백아린의 움직임은 멈추지 않았다.

파라라락! 팡!

백아린이 매유검을 집요하게 따라붙으며 대검을 흔들어 댔다. 그때 매유검이 손바닥으로 대검의 옆을 밀쳐 내며 안쪽으로 파고들었다.

순식간에 좁혀진 거리.

피잇!

매유검은 백아린의 복부를 향해 강하게 검을 찔러 넣었다.

자신을 향해 날아드는 날카로운 공격, 그렇지만 백아린은 이미 그걸 알아차리고 있었다.

그녀가 빠르게 양팔을 움직였다.

대검을 든 팔을 아래로 향했고, 반대편 팔은 곧장 거리를 좁혀 온 매유검의 얼굴로 내뻗었다.

캉! 파앙!

전혀 다른 두 개의 소리가 동시에 터져 나왔다.

순간적으로 멈추어 선 백아린과 매유검은 서로의 공격을 막아 낸 상태였다. 백아린은 대검으로 찔러 오는 검을 막았고, 매유검은 그녀의 날아드는 팔꿈치를 손바닥으로 받아 낸 것이다.

거리가 좁혀진 상황에서 둘은 상대방을 향해 박투술을 펼치기 시작했다.

서로 물러서지 않는 두 사람의 근거리 접전은 순식간에 불이 붙었다.

부웅! 팍! 팍팍!

서로를 노리고 수십 합을 주고받는 두 사람이었다. 간단한 주먹질과 발길질로 보였지만, 그것이 빗겨 나가는 곳에 있는 물건들은 모조리 박살이 나서 나뒹굴었다.

그만큼 둘의 공격엔 큰 힘이 실려 있었다.

어느 순간 반 바퀴 회전한 백아린의 팔꿈치가 결국 매유검의 옆구리에 틀어박혔다.

"컥!"

비틀거리며 뒷걸음질 치는 매유검의 얼굴로 번개처럼 백아린의 발이 휘감아 왔다.

장포로 얼굴을 가리고 있는 탓에 눈으로 확인하는 건 늦었지만 이미 감각으로 그녀의 공격이 이어지고 있음을 눈치챈 매유검이다.

그가 서둘러 상체를 뒤로 젖혔고, 백아린의 발은 아슬아슬하게 코끝을 스치고 지나갔다.

핏!

그렇지만 그거면 충분했다.

백아린의 발에 실린 내력 때문이었는지 가볍게 스쳤을 뿐이거늘 매유검의 코에서는 피가 터져 나왔다.

그가 서둘러 뒷걸음질 치며 코를 어루만졌다.

자리에 착지한 백아린이 대검을 머리 위쪽으로 올려 회전시키더니 이내 입을 열었다.

"얼마 안 남은 거 같네. 그 거추장스러운 장포를 걷어 내는 거 말이야."

백아린의 도발에 매유검이 이를 갈며 받아쳤다.

"헛소리하긴. 그럴 일은 절대 없을 거다."

말과 함께 매유검은 손바닥으로 코를 스윽 문댔다. 피로 인해 얼굴이 다소 엉망이 되긴 했지만 큰 타격은 아니었다.

매유검은 자신의 장포를 더욱 깊게 잡아당겼다.

신기하게도 그는 언제나 자신의 얼굴을 드러내지 않았다.

그건 십천야의 거점에서도 마찬가지였고, 그랬기에 천무진 또한 아직까지 성장한 후 매유검의 얼굴은 보지 못한 상태였다.

대체 그토록 얼굴을 가리는 이유가 무엇인지는 지금으로선 알 수가 없었지만…….

장포에 대한 생각을 접으며 슬쩍 주변을 둘러본 백아린의 속내는 사실 좋지 못했다.

꽤나 많은 숫자의 적을 쓰러트렸다고 생각했는데 아직도 몇백은 되는 어마어마한 숫자의 무인들이 이곳에 자리하고 있었다.

거기다가 매유검과 추풍량까지.

백아린은 자신과 떨어진 한천이 무척이나 걱정됐다.

'어떻게든 빨리 뚫고 도우러 가야 하는데.'

재밌게도 한천이 그러했던 것처럼 백아린 또한 비슷한 생각을 하고 있었다.

서로가 어떻게든 상대방을 돕기 위해 움직이려 하는 모습. 그만큼 두 사람 사이에 깊은 신뢰가 있다는 의미이기도 했다.

한천을 생각하자 백아린은 더욱더 마음이 급해졌다.

그녀가 대검을 잡고 있는 자세를 바꿨다.

상체를 낮추고 무거운 대검을 앞으로 뻗은 형세는 지금까지와는 뭔가 다른 분위기를 풍겼다.

순간적으로 주변의 기운이 돌변했다.

촤르르륵!

마치 연꽃잎 사이에 있는 것처럼 백아린 주변으로 피어오른 검은 색의 검기들. 칼날을 연상케 하는 검기들이 피어올랐고, 그것들이 백아린을 지킬 것처럼 감싸 안았다.

지금 그녀가 펼치려는 무공의 정체는 다름 아닌 잔마폭멸류.

천무진에게서 받은 바로 그 무공이었다.

그리고 백아린은 일전에 이 잔마폭멸류로 십천야의 한 명인 왕도지의 목숨을 거둔 적이 있었다.

그때만 해도 피어오른 이 검 형상을 한 검은 기운의 숫자는 열두 개에 불과했다. 하지만 시간이 흐르고, 무공에 대한 이해가 보다 깊어지면서 잔마폭멸류의 기운 또한 늘어났다.

열여덟 개.

당시엔 열두 개를 소환해 냈으니, 그때보다 무려 절반이 더 늘어난 것이었다.

최대치인 스무 개에 거의 근접한 경지까지 다다른 셈이었다.

백아린이 손가락을 가볍게 튕겼다.

순간 바닥에 박혀 있던 검은 색의 검기들이 뽑혀져 나왔다.

티티티티팅!

동시에 검의 모양을 한 검은색 기운들이 허공으로 뻗어져 일렬로 늘어섰다.

백아린을 향해 자신 있게 달려들던 추풍량을 멈칫하게 만들어 버리는 묘한 박력이었다.

'……저건 뭐야.'

추풍량은 백아린이 펼치는 무공을 보며 이상하게 위화감을 느꼈다.

검기는 검강보다 아래 단계다.

그렇다 보니 검기를 피어 올리는 것에 대해 추풍량이 두려움을 가질 이유가 없었다.

물론 검기라는 것도 일류 이상의 무인 정도는 돼야 구사할 수 있는 나름 고강한 경지였지만, 어차피 그거야 우내이십일성 중 하나인 추풍량에겐 관심 밖의 이야기였다.

그런 추풍량이거늘 지금 백아린이 만들어 낸 저 정체불명의 검기에서는 알 수 없는 불안감이 밀려들었다.

그저 검기일 뿐이라고 얕봐서는 안 될 것 같은 수상쩍은 기운.

바로 그때였다.

장포를 눌러 쓴 매유검의 입가가 비틀렸다.

"뭐야, 잔마폭멸류잖아."

백아린은 무공의 정체를 너무도 빠르게 알아차린 상대의 반응에 움찔했다.

잔마폭멸류는 결코 쉬이 알아볼 수 있는 무공이 아니었다. 하물며 오랫동안 사라졌던 무공, 그 정체를 이리 쉽게 알아냈다는 것이 놀라웠다.

백아린의 생각을 읽어서일까?

매유검이 비웃듯 말을 이었다.

"잔마폭멸류를 알아봐서 꽤나 놀란 모양이네. 하지만…… 그럴 수밖에 없잖아?"

말과 함께 갑자기 매유검 또한 검을 쥔 자세를 바꿨다.

그 순간 놀라운 일이 벌어졌다.

파파파파팡!

그의 주변으로 피어오르는 새카만 검의 형상을 한 검기들.

그걸 보는 순간 백아린의 눈동자가 흔들렸다.

굳이 확인하지 않아도 알 수 있었다.

지금 매유검이 펼친 무공이 백아린의 것과 똑같은 잔마 폭멸류라는 걸.

다만 하나 차이가 있다면 열여덟 개의 형상을 만들어 낸 백아린과는 달리 매유검은 완벽한 스무 개의 힘을 불러냈다는 것이다.

그건 매유검이 백아린보다 몇 년 이상은 더 빨리 이 무공을 익힌 덕분이었다.

땅에 박혀 있던 검은 기운들이 곧바로 뽑혀 허공으로 치솟았다.

창창창!

검의 형상을 한 스무 개의 검은 검기들이 수평으로 선 채로 백아린을 겨누고 있었다.

똑같은 무공으로 서로를 겨누고 있는 그 와중에 매유검이 자신만만한 목소리로 입을 열었다.

"가짜는…… 진짜를 이길 수 없는 법이지."

9장. 각오
— 그 사람을 위해서

　백아린은 자신과는 달리 완벽한 잔마폭멸류를 완성시킨 매유검의 모습에 순간 동요했지만 이내 침착하게 상황을 받아들였다.

　이 무공은 천무진에게서 받은 것이다.

　그리고 천무진은 이 무공을 저번 생에서 십천야를 통해 알게 됐다. 그러니 그들의 손에 잔마폭멸류가 있다는 것이 놀랄 일은 아니었다.

　그보다 지금 문제는 상대가 자신보다 더욱 완벽한 상태를 구현했다는 거다.

　백아린은 이를 악물었다.

'아니, 진짜는 이쪽이야.'

잔마폭멸류 자체는 훨씬 오랜 시간 그걸 익혀 온 매유검 쪽의 것이 완성도가 높을 수밖에 없었다. 그렇지만 애초에 잔마폭멸류의 적통을 이은 건 백아린이었다.

잔마폭멸류는 백 년 전의 인물인 풍운무정검의 무공. 그리고 백아린은 그의 무공의 명맥을 이어오는 당사자였으니까 말이다.

풍운무정검의 무공은 검왕에게 전수되었고, 백아린은 검왕에게서 무공을 배웠다. 그랬기에 백아린과 매유검의 무공은 같은 잔마폭멸류라고 해도 근본적으로 달랐다.

그 근간이 되는 내공심법의 차이다.

순간 숫자에 압도당했던 백아린은 마음을 정리하고 거침없이 손을 움직였다.

후우웅!

허공으로 날아올랐던 열여덟 개의 검은 검기들이 매유검을 향해 쏟아졌다. 도발적인 언사로 백아린의 심기를 흔들려 했던 매유검은 침착한 얼굴로 자신을 향해 잔마폭멸류를 뿌리는 그녀의 모습에 짧게 혀를 찼다.

"쯧."

무인들의 싸움은 아주 자그마한 차이로 승패가 갈리곤 한다. 그랬기에 그녀에게 조금의 망설임이나 두려움이 있었다면 이 격돌의 결과는 생각보다 쉽게 정해졌을지도 모른다.

하지만 백아린의 눈빛에서는 일말의 망설임조차 느껴지지 않았다.

더는 머뭇거릴 수 없었기에 매유검 또한 서둘러 잔마폭멸류의 기운을 쏘아 보냈다.

두 개의 힘이 서로를 향해 얽히듯 파고 들어갔다.

그리고 그렇게 잔마폭멸류들이 충돌하는 순간 그것을 펼친 두 사람에게도 고스란히 충격파가 전달될 수밖에 없었다.

퍼엉! 펑!

연이은 폭발과 함께 백아린과 매유검이 각자 반대편으로 날아갔다.

퓨퓨풋!

두 사람의 옷이 마구 휘날렸고, 둘은 곧장 앞을 향해 손을 휘둘렀다. 밀려드는 강렬한 충격파를 받아 내기 위해서였다.

백아린과 매유검의 주변으로 피어오른 호신강기.

그리고 잔마폭멸류의 기운은 둘을 넘어 인근에 있던 적풍대 무인들까지 휩쓸었다.

콰콰콰쾅!

폭음과 함께 주변에 있던 이들이 견뎌 내지 못하고 사방으로 튕겨져 나갔다.

그나마 충격파의 범위에서 빠르게 빠져나가 제법 거리를 벌린 추풍량이었지만 그조차도 서둘러 손바닥에 내력을 집중시켜 간신히 기운을 받아 냈다.

범위를 벗어났음에도 불구하고 엄청난 충격파에 추풍량은 인정사정없이 바닥을 나뒹굴었다.

간신히 몸을 일으켜 세운 그가 서둘러 주변을 둘러봤다.

"……."

추풍량의 안색이 급속도로 굳어졌다.

휩쓸렸던 적풍대 무인들이 모조리 최후를 맞이한 것을 확인했기 때문이다.

거기다가 위험 범위에서 벗어났고 호신강기를 끌어올렸음에도 불구하고 엉망이 되어 버린 손은 지금 이 둘의 격돌이 얼마나 위협적이었는지를 말해 주고 있었다.

자신의 손 가죽이 찢겨 나간 걸 보는 추풍량의 등 뒤로 식은땀이 흘러내렸다.

그 또한 우내이십일성의 한 명으로 중원을 호령하는 괴물 중 하나였지만…….

'이 둘은 내가 감당할 수 있는 자들이 아니다.'

굳어진 얼굴로 고개를 치켜든 추풍량의 시선에 버티고

서 있는 두 사람의 모습이 들어왔다.

멀리 떨어져 있던 무인들까지 휩쓸려 버릴 정도의 충격파가 터져 나왔거늘, 막상 그걸 정면으로 받은 두 사람은 아직까지 건재한 상태였다.

물론 그렇다고 해서 백아린이나 매유검 두 사람 모두 완전히 멀쩡하지는 못했다.

빠르게 손을 움직이며 호신강기를 불러일으킨 덕에 그나마 충격을 완화시키긴 했지만…….

"흐읍."

"큭!"

백아린과 매유검이 동시에 짧게 숨을 내뱉었다.

짧은 소리와 함께 몸을 일으켜 세우던 백아린이 비틀했다. 그녀의 꽉 다문 입술 사이로 피가 흘러내렸다.

잔마폭멸류는 엄청난 내공 소모가 있는 파괴적인 무공이다. 그런 무공끼리 충돌했으니 그 여파가 있는 건 당연했다.

거기다가 매유검은 백아린보다 훨씬 긴 시간 이 무공을 익혀 온 탓에 더욱 완벽한 경지에까지 오른 상태.

사실 원래대로였다면 더 큰 부상을 입었어도 이상할 게 없었다. 다만 숙련도에는 미치지 못했을지언정 가장 적합한 내공심법을 익힌 덕분에 그 하나하나의 파괴력은 백아린이 한층 위였다.

덕분에 매유검과의 대결에서 일방적으로 밀리지 않을 수 있었다.

들끓는 속을 억지로 누르며 백아린이 쥐고 있던 대검을 더욱 강하게 움켜잡았다.

그녀가 날아올랐다.

콰콰쾅!

몸과 함께 정면으로 움직인 대검에서 막대한 강기가 가닥이 되어 쏟아져 나왔다. 그에 매유검이 장포 자락을 휘날리며 반격했다.

둘의 격돌에 주변 광경이 순식간에 피폐하게 변해 갔다.

그 상황에 뒷걸음질 치며 거리를 벌렸던 추풍량이 이내 손바닥에 내력을 집중시켰다.

가능하면 이 싸움에 끼고 싶지 않았지만……

'길어질수록 피해를 보는 건 나다.'

지금 이 싸움에서 가장 큰 피해를 보는 건 두 사람의 공격에 휘말려 죽어 나가고 있는 적풍대였다. 그리고 적풍대가 피해를 본다는 건 곧 그들을 이끄는 수장인 추풍량의 힘이 약해진다는 의미였다.

십천야 내에서 보다 높은 위치에 오르고 싶은 그다.

그러기 위해서는 당연히 적풍대가 그의 뒷받침이 되어 줘야 했다.

그랬기에 추풍량은 최대한 빠르게 이 싸움을 매듭짓기로 결정을 내렸다.

추풍량이 검을 섞고 있는 두 사람 쪽으로 신속하게 움직였다.

그의 손바닥이 백아린의 옆구리를 덮쳤다.

파앙!

손바닥에 맺힌 회색빛 기류.

기류에 휩싸인 손이 빠르게 치고 들어갔다.

은밀하게 움직였지만 이미 극도로 집중한 채 매유검과 싸워 대던 백아린이다. 추풍량의 움직임을 눈치채지 못했을 리가 없었다.

그녀의 대검이 폭풍처럼 휘둘러졌다.

커다란 검신에서 뿜어져 나오는 박력!

파아앙!

울려 퍼지는 굉음과 함께 주변의 땅들이 솟아올랐다. 그리고 그 땅들을 향해 추풍량이 손을 움직였다.

콰콰콰쾅!

손바닥에서 뿜어진 장력이 곧장 대지를 삼키며 백아린을 향해 밀려들었다. 그녀는 그대로 대검을 십(十)자 형태로 그었다.

유마십자성(柳魔十字星)이라는 초식이었다.

커다란 대검의 움직임에 맞춰 공기가 갈라졌다.

동시에 허공이 일렁였다.

추풍량의 눈동자가 흔들림과 동시에 보이지 않는 무형의 기운이 그가 뻗어 낸 장력을 가르면서 매섭게 밀려들었다.

"크으읏!"

추풍량이 황급히 내공을 끌어올려 백아린이 뿜어낸 공격을 손바닥으로 쳐 냈다. 그렇지만 그 힘에서 차이가 있어서인지 추풍량의 팔뚝에는 긴 상처와 함께 피가 뿜어져 나왔다.

바로 그때 백아린의 반대편에서 매유검이 파고들었다.

백아린 또한 서둘러 움직였지만…….

서걱.

옆구리를 베고 지나가는 화끈한 감각. 거기에 보다 깊게 밀고 들어오려는 공격을 느낀 백아린은 서둘러 팔을 휘둘렀다.

팔꿈치가 매유검의 얼굴에 적중했다.

얼결에 얼굴 정중앙에 타격을 입은 그가 비틀거렸다. 백아린은 피가 쏟아지는 와중에서도 곧바로 대검을 휘둘러 매유검의 목을 노렸다.

부웅!

아슬아슬하게 매유검이 피해 내는 바로 그 순간!

백아린이 슬쩍 몸을 뒤로 날리며 곧바로 손을 움직였다. 그리고 그 손은 피를 뿌리며 주춤거리고 있는 추풍량에게로 향하고 있었다.

순간적으로 치고 들어오는 백아린의 모습에 매유검의 공격으로 잠시 숨을 돌리며 방심하고 있던 추풍량이 당황했다.

'이런 젠장!'

추풍량이 서둘러 손을 날카롭게 세워 백아린의 배를 향해 찔러 넣었다.

그러나 추풍량의 손가락이 백아린의 배를 꿰뚫으려는 찰나, 그녀의 손이 먼저 도착했다.

뻐억!

그녀의 주먹이 정확하게 추풍량의 얼굴을 후려쳤고, 그는 그대로 십여 장 정도를 날아가 바닥에 처박혔다.

매유검을 밀어내고, 추풍량에게 일격을 먹인 후에야 백아린은 손바닥으로 자신의 부상당한 옆구리를 감싸 안았다.

손바닥을 가져다 대기 무섭게 쏟아지는 피가 손을 집어삼켰다.

그만큼 상처는 꽤나 깊었다.

그녀의 하얀 백의는 피로 물들었고, 덩달아 내상을 입은 속 또한 날뛰었다.

백아린은 서둘러 손가락으로 상처를 입은 옆구리 근처를
점혈했다.

상처를 살필 여유 따위는 없었다.

지금 이 순간도 그녀를 죽이기 위해 많은 이들이 다가오
고 있었으니까.

파앙!

적풍대 무인 십여 명이 백아린을 둘러싸며 공격을 쏟아
냈다. 둘러싼 숫자보다 더 많은 숫자의 무기들이 그녀를 향
해 밀려들었다.

백아린은 가볍게 상체를 흔들며 날아드는 공격들을 피해
냈다.

동시에 그녀의 손에 들린 대검이 흔들렸다.

쾅! 쾅쾅!

바닥이 박살 나며 백아린에게 공격을 펼치던 적풍대 무
인들이 휩쓸려 나갔다. 그녀가 팽이처럼 회전하며 매서운
검기를 사방으로 쏟아 냈다.

파파파파팡!

그렇게 모두를 밀어낸 백아린이 짧게 숨을 토해 냈다.

"후우."

잠시 숨을 돌리고는 있었지만, 눈과 몸은 빠르게 움직일
준비를 하고 있었다. 곧바로 매유검이 달려들고 있었으니

까.

카아앙!

둘이 검을 맞댄 채로 서로를 노려보는 상황에서 매유검이 입을 열었다.

"어쩌지? 곧 죽을 것 같은데."

말과 함께 매유검이 슬쩍 백아린의 상처 난 옆구리 쪽에 시선을 줬다.

상대의 도발에 백아린이 곧바로 받아쳤다.

"걱정 마. 그 전에 넌 죽여 줄 테니까."

"그게 되겠어? 점점 밀리고 있는 것 같은데."

"숫자가 줄어드니 초조한가 봐?"

"초조? 하하하! 정말 재미있는 소리를 지껄이는군. 저딴 놈들이 죽어 나가는 걸로 내가 초조할 리 없잖아."

적풍대의 상당수가 두 사람의 싸움에 휘말려 죽음을 맞이했다. 거기다가 백아린이 직접 쓰러트린 숫자도 꽤나 많아서 어느덧 버티고 있는 이는 처음에 비해 반밖에 되지 않았다.

물론 그 대가로 백아린 역시 입은 부상과 내공 소모가 상당하긴 했지만…….

'계속 이런 식으로 싸우다가는 점점 불리해질 거야.'

백아린은 자신의 상태를 잘 알고 있었다.

지금 당장은 부상을 입었고 내공 소모도 심했지만 아직
은 버틸 만했다.

다만 문제는 적들 또한 여전히 위협적이라는 점이었다.

많은 숫자의 적풍대를 쓰러트렸지만 아직까지 반수가량
이 남아 있었고, 결정적으로 매유검과 추풍량 두 사람 모두
가 건재했다.

적풍대를 전부 쓰러트리는 건 어찌어찌 가능할 것이다.
그렇지만…… 그때도 저 둘을 쓰러트릴 수 있을 만큼의 내
공이 남아 있을까?

상황이 좋지 않다는 걸 누구보다 잘 아는 백아린이었다.
그렇지만 그녀는 투지를 잃지 않았다.

검을 맞댄 채로 힘 싸움을 하고 있는 그 순간 옆으로 추
풍량이 다가왔다. 그의 손이 빠르게 백아린의 옆구리를 파
고들었다.

손바닥이 정확하게 그녀의 옆구리를 후려쳤다.

방금 전 매유검에게 베이며 크게 상처가 났던 부위였다.

푸읏!

혈도를 점혈하며 진정시킨 상처에서 다시금 피가 터져
나왔다. 게다가 한번 깊은 부상을 입은 곳을 재차 공격을
당했으니 그 고통은 오죽하랴.

다리가 휘청할 정도의 충격.

그렇지만 백아린은 두 발로 굳건하게 버티고 선 채로 대검을 쥐고 있던 한 손을 빠르게 떼어 내서 움직였다.

그녀의 손이 아래쪽으로 파고든 추풍량의 얼굴로 향했다.

그리고…….

뻐엉!

굉음과 함께 추풍량의 얼굴에 백아린의 내력이 실린 주먹이 정확하게 틀어박혔다. 근거리에서 휘둘러진 그녀의 주먹에 제대로 얼굴을 적중당한 추풍량이 비명을 내질렀다.

"아아악!"

멀리 밀려 나가며 나가떨어진 그가 바닥을 나뒹굴었다.

얼굴을 감싼 손바닥은 터져 나온 피로 범벅이었다. 거기다가 입 안쪽으로 이물감이 느껴졌다.

박살이 나며 깨져 버린 이였다.

몸을 일으켜 세운 추풍량의 몰골은 엉망이었다.

얼굴은 퉁퉁 부어 있었고, 벌려진 입을 통해 보이는 그 안은 피투성이였다. 거기다가 반 이상은 박살이 나 버린 이들까지.

자리에서 일어난 추풍량은 피와 침이 뒤섞인 액체를 거의 토하듯 뱉어 냈다. 그러자 부서진 이들도 덩달아 바깥으로 쏟아져 나왔다.

추풍량은 분한 듯 부들부들 떨었다.

"으으으으!"

손꼽히는 강자인 그가 이런 굴욕스러운 경험을 언제 겪어 봤겠는가. 그랬기에 추풍량은 화가 머리끝까지 치밀었다.

그렇지만 타격을 입은 건 추풍량만이 아니었다.

대검을 한 손으로 쥔 채로 버티고 서 있는 백아린의 얼굴은 새하얗게 변해 있었다.

두 번의 큰 공격을 받아 내며 옆구리에서는 엄청난 고통이 느껴졌고, 상처에선 쉼 없이 피가 쏟아져 나왔다.

옆구리를 움켜쥔 손가락 사이로 연신 솟구쳐 오르는 피.

그리고 정신을 잃어도 이상할 것 없을 고통까지.

그렇지만 백아린은 이를 악물었다.

싸울 것이다.

앞에 보이는 적들을 베고, 또 베서 누구도 앞에 남아 있지 않을 때까지.

그리고 설령 그것이 되지 않아 최후를 맞이하게 된다고 해도…… 상관없었다.

결국 천무진이 자신의 복수를 해 줄 거라 믿었으니까.

지금의 그는 조종을 당할 수밖에 없는 상황이었다. 그렇지만 백아린은 결국 천무진이 모든 걸 이겨 낼 수 있다 확신했다.

자신이 아는 그는 그런 사람이었고, 그런 그를…… 사랑했으니까.

평생을 함께하고 싶었다. 그렇지만 그것이 안 된다면…… 가기 전에 최대한 그에게 도움이 되고 숨을 거두고 싶었다.

그랬기에 싸워야만 했다.

죽기 전에 천무진의 앞길에 방해가 되는 상대는 한 명이라도 더 줄여 줄 것이다.

옆구리에서 연신 쏟아져 나오는 피.

그 상황에서 백아린은 자신을 눌러 오는 매유검의 검을 힘으로 점점 밀어 올렸다.

그런 그녀의 모습에 매유검이 놀란 듯 꿈틀할 때였다.

파앙!

매유검을 밀쳐 낸 백아린이 자세를 다잡았다.

그녀가 흔들림 없는 눈동자로 상대를 응시하며 되뇌었다.

'그 사람을 위해서.'

*   *   *

백아린의 대검으로 내력이 몰려들었다.

그리고…….

콰아앙!

그녀의 대검이 근처에 있던 적풍대 무인들을 휩쓸었다. 인정사정없는 백아린의 공격에 적들은 마치 실 끊어진 인형처럼 사방으로 나가떨어졌다.

그녀의 대검이 미친 듯 사방으로 날뛰었다.

파라락.

백아린이 적풍대의 무인들 일부를 급습하는 그때 피투성이의 얼굴을 감싸 안고 있던 추풍량이 달려들었다.

"이 망할 계집!"

욕설과 함께 휘둘러진 그의 손바닥에서 맹렬한 기운이 쏟아져 나왔다.

콰콰쾅!

백아린을 집어삼키려는 장력.

그렇지만 그 안에서 몸을 움츠린 채 대검으로 공격을 받아 낸 백아린은 곧장 날아올랐다.

쉬익!

빠르게 치고 나온 그녀의 손이 움직였다.

번쩍.

날아드는 대검을 추풍량이 가까스로 밀쳐 냈다. 그리고 그 순간 옆에서 매유검이 밀려들었다.

재차 추풍랑에게 공격을 가하려던 백아린은 서둘러 대검의 방향을 비틀었다.

카카카카카캉!

당장이라도 백아린을 찢어발길 듯이 밀려드는 검공에 그녀는 뒷걸음질 치며 빠르게 대검을 움직였다.

커다란 대검이지만 그녀는 무척이나 기민하게 반응했고, 덕분에 매유검의 쏟아지는 공격을 모두 받아칠 수 있었다.

마지막으로 날아드는 검을 강하게 후려치자 매유검의 균형이 다소 무너졌고, 백아린은 그 틈을 놓치지 않고 빠르게 손바닥을 휘둘렀다.

퍽!

뻗어져 나온 장력이 매유검의 가슴을 후려쳤다.

순간적으로 뒤로 밀려 나간 그이지만, 백아린은 알고 있었다.

이 공격이 제대로 들어가지 않았음을.

장포로 가리고 있어 얼굴을 확인할 순 없었지만 아마도 별다른 표정 변화는 없을 거라 확신했다.

싸움이 길게 이어질수록 백아린은 상대의 실력이 생각보다 뻬어나다는 걸 느꼈다.

'여태까지 싸워 본 십천야와는 차원이 달라.'

다소 무공이 약한 적련화를 제외하고도 그녀는 십천야들

중 두 명과 정면으로 붙어 봤었다.

그녀는 주란을 이겼고, 왕도지는 죽였다. 그들 역시 십천야였지만 그 둘과 매유검은 아예 다른 존재였다.

그 둘이었다면 아무리 상황이 이렇다 한들 결코 백아린을 이 정도까지 몰아붙일 수는 없었을 게다. 거기다가 우내이십일성인 추풍량까지.

백아린은 가볍게 손목을 풀었다.

별다른 피해 없이 막는 것처럼 보였지만 방금 전 쏟아진 추풍량의 장법은 꽤나 위력적이었다. 그걸 고스란히 대검으로 받아 냈으니, 아무렇지 않을 리 만무했다.

그녀는 슬쩍 추풍량의 모습을 확인했다.

피투성이가 된 얼굴로 자신을 노려보는 눈동자에는 살기가 가득했다.

그걸 확인한 백아린이 대검을 등 뒤에 사선으로 걸친 채자세를 잡았다.

당장이라도 전방으로 튀어 나갈 것만 같은 모양새.

거기다가 그녀의 몸 주변으로 빠르게 내공이 휘몰아쳤다.

파앙!

자세에서 풍겼던 느낌처럼 백아린이 앞으로 튕겨져 나갔다. 동시에 그녀의 등에 걸쳐진 듯 자리하고 있던 대검이빠르게 땅으로 내리꽂혔다.

쾅!

대검이 향한 곳에 자리하고 있던 추풍량은 이미 그 장소에 없었다.

하지만…….

쩌저저적.

갈라지는 땅. 그리고 그 틈으로 백아린의 응축된 힘이 분수처럼 용솟음쳤다.

콰콰콰쾅!

이어지는 굉음과 함께 추풍량의 몸이 그 빛에 휩쓸렸다. 허공에서 그가 놀란 듯 방어를 하며 다급히 백아린의 비어 있는 등 뒤로 장력을 날렸다.

하지만 추풍량은 결국 백아린의 공격을 버텨 내지 못하고 허공에서 바닥으로 곤두박질쳤다.

바닥에 떨어진 추풍량은 입으로는 피를 토해 냈고, 몸 곳곳에는 수십여 개의 베인 듯한 상처가 생겨났다.

그렇지만 그의 공격 또한 백아린에게 정확하게 들어갈 수밖에 없었다.

그건 바로 매유검 때문이었다.

백아린은 날아드는 추풍량을 공격을 피해 낼 수 있었다. 허나 그걸 매유검이 그냥 두고 보지 않은 것이다. 그가 백아린이 피하려는 쪽의 방위를 점하며 치고 들어왔다.

파파파팍!

달려드는 매유검, 그리고 그의 손에 들린 검의 움직임까지.

백아린은 선택을 해야만 했다.

둘 중 무엇을 감수할 것인지.

그리고 결정은 눈 깜빡할 사이에 내려졌다.

그녀는 매유검의 공격을 피하는 대신 추풍량의 공격을 그대로 등으로 받아 내기로 정한 것이다.

쾅!

등에 틀어박힌 장력으로 인해 온몸의 뼈가 부서지는 듯한 충격이 밀려들었다. 동시에 입에서는 울컥하고 피가 터져 나올 수밖에 없었다.

주춤하며 상체가 밀렸던 백아린이었지만, 그녀는 그 상태에서도 균형을 잃지 않았다.

아프지 않아서가 아니다.

버텨야만 했으니까.

그렇지 않으면 이다음에 이어질 매유검의 공격에 치명상을 입을 걸 알아서였다.

그리고 예상대로 백아린을 향한 매유검의 공격이 이어졌다.

카캉! 캉!

연달아 두 번 밀고 들어오는 공격을 쳐 낸 백아린의 대검이 주변을 휩쓸었다.

부와아앙!

재빠르게 피해 내긴 했지만, 대검에서 뿜어져 나간 무형의 기운이 매유검의 어깨를 베고 지나갔다. 덩달아 뒤편에 자리하고 있던 적풍대의 일부 무인들 또한 그 공격에 휩쓸려 사라질 수밖에 없었다.

하지만 공격은 그게 전부가 아니었다.

슬쩍 뛰어오른 백아린이 곧장 아래쪽에 있는 매유검을 향해 강하게 대검을 후려쳤다.

그러나 그건 단순한 휘두르기가 아니었다.

쏴아아아.

밀려드는 내력, 동시에 내리치는 대검에 실린 힘까지. 순간적으로 강기가 사방으로 퍼지더니, 이내 아래에 있는 매유검을 집어삼켰다.

커다란 폭발이 일었다.

콰콰쾅!

박살이 난 땅이 사방으로 요동치는 사이, 백아린의 표적이 되었던 매유검이 손으로 얼굴을 가린 채 흙먼지 사이에서 걸어 나왔다.

백아린이 펼친 뇌령십이초삭이라는 초식에 순간적으로

휩쓸린 탓에 그의 꼴은 다소 헝클어져 있었다.

전신을 가리고 있던 장포의 곳곳이 찢겨 나가 엉망이었는데, 특히 얼굴을 가리고 있던 윗부분이 슬쩍 헤쳐 있었다.

장포를 최대한 잡아끌어 얼굴을 가린 매유검은 자신의 상태를 확인했다.

찢긴 장포 사이로 곳곳에서 피가 흘러내리는 것이 보였다. 거기다가 얼굴에도 부상을 입었는지, 볼을 타고 피가 주르륵 흘러내려 바닥으로 뚝뚝 떨어졌다.

그걸 확인하는 순간 매유검은 화가 치밀어 올랐다.

손등으로 얼굴에 흐르는 피를 닦아 낸 그가 중얼거렸다.

"짜증 나게 하네."

말과 함께 매유검의 검이 움직였다.

츠츠츠츠!

그의 몸에서 피어오른 기운이 주변으로 향했고, 이내 그의 주위로 검은색의 검기들이 땅에서부터 솟아올랐다.

치치치칭!

매유검이 다시금 잔마폭멸류를 펼치기로 결정을 내린 것이다. 그 순간 백아린 또한 기다렸다는 듯 내공을 끌어모아 잔마폭멸류의 힘을 끌어올렸다.

몸 주변으로 피어오르는 열여덟 개의 검은 검기.

그 검기들이 백아린을 감싸 안았고, 이내 그녀의 의지에 따라 땅에 박힌 듯 자리하고 있던 검기들이 동시에 허공으로 솟구쳐 올랐다.

매유검이 비웃듯 말했다.

"멍청하게 또 붙어 보겠다고?"

방금 전에도 백아린과 매유검은 같은 잔마폭멸류로 승부수를 띄웠다.

얼핏 보면 상황은 무승부였다.

둘 모두 반대쪽으로 튕겨져 나갔고, 양쪽의 기운 또한 동시에 상쇄됐으니까. 그렇지만 엄밀히 따지자면 이득을 본 건 그래도 매유검이었다.

그 격돌로 백아린은 내상을 입고 피를 쏟아 냈다.

스무 개의 힘을 온전히 사용할 수 있는 매유검과 아직은 열여덟 개만을 다룰 수 있는 백아린의 대결이다.

제아무리 백아린의 내공심법이 잔마폭멸류에 최적화된 것이라 한들 아직까지는 매유검이 보다 앞서 있는 상황이었다.

잔마폭멸류는 실로 위협적인 초식이다.

그랬기에 매유검은 이번에도 잔마폭멸류를 사용하기로 한 것이고, 이것이 승부를 가를 수 있을 거라 생각했다.

자신의 공격을 받아 내기 위해 다른 무공을 쓴다고 해도 잔마폭멸류의 위력을 넘어설 수 없으니 자신이 이길 테고, 설령 지금처럼 같은 무공으로 받아 온다 해도 상관없었다.

결국 백아린이 어떤 선택을 하든 이득을 보는 건 자신이었으니까.

끓어오르는 힘을 느끼며 백아린은 침착하게 상대를 응시했다.

매유검의 생각을 영리한 그녀가 모를 리 없었다.

'……해내야 해.'

애초에 백아린은 매유검이 결국 이런 식으로 잔마폭멸류를 이용해 승부를 걸어올 확률이 높다 예상하고 있었다.

그랬기에 그걸 이겨 낼 방책도 고민해 봤다.

그렇지만 이처럼 격렬하게 싸우고 있던 와중이라 특별한 방책이 나오기는 어려웠다.

그래서 내린 하나의 결론.

바로 열아홉 번째의 검을 불러오는 것이다.

이제껏 단 한 번도 성공하지 못한 경지를 백아린은 지금 이처럼 위급한 순간에 승부수로 내건 것이다.

어차피 매유검의 예상대로 이 공격을 막아 낼 무공은 그녀에게도 잔마폭멸류밖에 없었다.

백아린의 신경이 주변의 흐르는 모든 기의 흐름을 받아들였다.

생과 사의 갈림길.

그리고 고도의 집중력과 무인으로서의 승부욕까지.

그 모든 것이 하나가 되며 백아린의 감각이 평소보다 훨씬 더 높은 경지로 끌어올려지고 있었다.

이런 위급한 상황에 목숨을 걸고 승부수를 내걸 수 있는 건 백아린 그녀가 무인이었기 때문이다.

백아린의 몸 주변으로 미약한 기운 하나가 더 작게 회오리치기 시작한 바로 그때!

콰콰콰쾅!

선공을 펼친 건 매유검이었다.

그가 만들어 낸 스무 개의 검은 검기가 백아린을 향해 밀려들었다. 순간 백아린도 허공으로 띄워 올렸던 검은 검기들을 뿜어냈다.

두 개의 힘이 다시금 허공에서 충돌했다.

쿠쿠쿠쿠쿠쿠!

떨리는 몸, 동시에 전신의 모든 기운이 쑥 빨려 나가는 것만 같은 느낌이 들었다. 일순 머리가 멍했고, 다친 상처들에서는 지독한 고통이 밀려왔다.

다리가 후들거리고 당장이라도 주저앉고 싶었다.

그렇지만 백아린은 대검을 보다 강하게 움켜잡았다.

그녀가 눈을 부릅떴다.

'이긴다. 반드시…… 이긴다.'

백아린의 의지가 육신의 충격을 이기는 바로 그 순간.

그녀의 눈앞으로 자그마한 무형의 기운이 빠르게 모습을 갖추기 시작했다.

그리고 그것은 이내 하나의 검은 검기가 되었다.

그걸 확인하는 순간 더는 망설일 틈이 없었다. 밀려 들어오는 파괴적인 공격을 이겨 내기 위해선 지금 이 하나의 힘이 필요했으니까.

마침내 만들어 낸 열아홉 번째의 검은 검기.

그것이 두 사람의 힘이 충돌한 곳을 향해 빛처럼 쏘아져 나갔다.

피잉!

그리고 그것이 백아린이 먼저 쏘아 낸 열여덟 개의 힘과 합쳐지는 순간…….

상황이 급변했다.

퍼어엉!

폭음과 함께 이번에도 백아린과 매유검이 양쪽으로 날아 갔다. 그렇지만 이번의 상황은 아까와 달랐다. 이전엔 서로의 힘을 상쇄시킨 상황에서 피를 쏟아 낸 건 백아린이었다.

그런데…….

"커억!"

비명과 함께 매유검이 가슴을 움켜쥐고 바닥에 무릎을 꿇었다. 그의 입에선 연신 피가 터져 나왔고, 동시에 경련이라도 난 듯 온몸을 부들부들 떨어 댔다.

밀려온 충격파의 여파로 매유검은 몸이 깨어질 것처럼 고통스러웠다.

고개를 치켜든 그가 비명을 내질렀다.

"으아아아! 백아린!"

분에 찬 듯 막 소리를 내지르는 그를 향해 힘겹게 몸을 일으켜 세운 백아린이 움직이려던 그때였다.

쉬잇!

옆에서 느껴지는 인기척에 백아린이 서둘러 그쪽으로 시선을 돌렸다.

그곳에는 추풍량이 있었다.

그런데 백아린의 시선이 닿는 그 순간 갑자기 추풍량의 모습이 귀신처럼 사라졌다.

이형환위!

자신의 위치를 순간적으로 바꾸는 최상승의 경신술이었다.

그리고 그가 나타난 곳은 백아린과 고작 반 장 정도 떨어진 정면이었다. 추풍량이 주먹을 번쩍 치켜들었다.

이내 내력에 휩싸인 그의 주먹이 향한 곳은 바로 백아린의 발아래 바닥이었다.

'낙성추혼(落星追魂)!'

콰콰콰콰콰콰쾅!

땅이 뒤집히며 그 주변을 뒤덮는 모습을 보는 순간 피투성이인 추풍량의 입꼬리가 비틀렸다.

'끝이다.'

이겼다는 확신이 들었다.

백아린은 매유검과 서로 잔마폭멸류로 격돌을 벌였고, 결국 버텨 내긴 했지만 상당한 내력 소모가 있었던 상황이다.

그런 상황에 무방비한 옆을 치고 들어가 추풍량은 자신의 절초인 낙성추혼을 정확하게 성공시켰다. 바닥을 내려치긴 했지만, 이 무공은 아래에서부터 쏟아져 나오는 힘으로 상대의 전신을 부숴 버리는 공격이었다.

이런 상황에서 자신의 공격을 피해 낼 수 있을 리 만무하다 여겼다.

바로 그때였다.

스윽.

정체를 알 수 없는 무엇인가가 추풍량의 한쪽 팔에 닿았다. 아주 미약한 감각이었고, 이런 혼란한 상황이었음에도 불구하고 추풍량은 그 미세한 자극을 알아차렸다.

추풍량의 눈이 향한 자신의 손목.

그곳에 아주 얇은 은빛 실이 휘감기고 있었다.

그걸 확인하는 순간 추풍량은 아차 싶었다.

서둘러 팔을 빼내려 했지만…….

꽈악!

실이 추풍량의 팔목을 순간적으로 잡아챘다. 그리고 그
때 그의 귓가로 백아린의 목소리가 흘러들어 왔다.

"못 빠져나가."

백아린의 왼손에 자리한 붉은 장신구.

그리고 그곳에 숨겨져 있는 암기인 귀린사가 아주 잠시
지만 추풍량의 팔을 옭아맨 것이다.

아무리 귀린사라 해도 추풍량 정도 되는 고수를 계속 잡
아 두는 건 불가능한 일이었다.

하지만 이 정도의 근접한 거리에서 주어진 그 찰나의 순
간.

그거면 됐다.

백아린의 대검이 추풍량의 겨드랑이 아래로 빠르게 파고
들어가며 그대로 위로 솟구쳤다.

푸우우웃!

팔과 함께 어깨가 잘려져 나가며 피가 사방으로 뿌려졌
다.

"끄아아악!"

팔이 잘려져 나간 고통에 추풍량이 비명을 지르며 뒷걸음질 칠 때였다.

부웅!

귀린사에 얽힌 채로 잘려진 손이 그대로 추풍량의 얼굴로 날아들었다. 고통에 몸부림치던 그가 어렵사리 날아드는 자신의 잘린 팔을 피하는 바로 그 순간.

그 팔 뒤편으로 날아든 백아린의 발이 추풍량의 얼굴에 틀어박혔다.

뻐억!

추풍량의 목이 기괴하게 비틀리며 그가 바닥으로 쓰러졌다.

털썩.

쓰러지는 추풍량을 슬쩍 바라본 백아린은 귀린사에 얽혀 있는 잘린 팔을 제거했다.

순식간에 추풍량을 쓰러트린 백아린이 매유검을 향해 다가가려다가 비틀했다.

그녀는 고개를 강하게 흔들었다.

잔마폭멸류를 보다 성장시키며 매유검에게 큰 타격을 입혔고, 그 기회를 틈타 추풍량까지 쓰러트렸다.

그렇지만 백아린 또한 그만큼 타격을 입었다.

잔마폭멸류의 반탄력에 내상을 입었고, 그 와중에 추풍

량의 낙성추혼까지 맨몸으로 받아 냈다.

멀쩡하다면 오히려 그게 말이 안 되는 상황이었다.

뒤늦게 이마에서부터 흘러내린 피가 볼을 타고 바닥으로 떨어져 내렸다.

"하아, 하아."

백아린은 지친 듯 숨을 내쉬었다.

그렇지만 그녀는 곧 대검을 힘차게 들어 올려 어깨에 짊어졌다.

상황이 압도적으로 유리해졌지만, 그래도 아직까지는 방심할 수 없는 상태였다.

주변엔 아직도 팔십 명 정도 되어 보이는 적풍대의 무인들이 존재했다. 그리고 상태가 안 좋아 보이긴 했지만, 여전히 싸울 힘이 남아 있는 매유검도 있었다.

백아린이 잠시 숨을 고르는 사이 매유검 또한 자신의 검을 들고 그녀를 향해 성큼성큼 다가오고 있었다.

그가 살기가 가득한 목소리로 말했다.

"……이겼다고 생각하느냐?"

"이 정도 상황이면 그렇게 봐야겠지?"

매유검의 말에 백아린이 곧장 답했다.

적풍대 무인 중 삼분지 이를 쓰러트렸다. 거기다가 그들을 이끄는 수장인 추풍량도 이젠 죽어 버렸다.

그것은 곧 매유검을 제외한다면 처음 이곳에 왔을 때 전력의 반조차 남지 않았음을 의미한다.

당연히 이 상황이 그리 좋지 않다는 걸 매유검 또한 분명히 알고 있을 터.

그런데…….

장포 안에 감춰진 매유검의 입이 비틀렸다.

"그런데 어쩌지? 네 생각이 틀렸거든."

의미심장한 매유검의 말투에 백아린이 의아한 표정을 지어 보이는 그때였다.

매유검이 입을 내밀고 길게 휘파람을 불었다.

삐이이이익!

내공이 실린 휘파람 소리가 숲을 뒤흔들었다.

갑작스러운 매유검의 신호에 백아린이 설마 하는 표정을 지어 보였다.

이내 백아린의 의심은 확신이 되었다.

갑작스럽게 그녀의 감각 안으로 다른 이들의 기척이 느껴지기 시작했다.

그런데 그 숫자가 한둘이 아니었다.

스스스슥.

모습을 드러낸 무리의 숫자는 백 이십 명 정도였다. 거기다가 그들을 이끌고 나타난 수장까지.

수장을 확인하는 순간 백아린의 표정이 굳어졌다.

카랑카랑해 보이는 외모, 그리고 무엇보다 눈에 띄는 건 그가 차고 있는 검이었다. 검 손잡이에 새겨져 있는 번개 모양의 무늬.

그렇게 눈에 보이는 외양을 종합해 보고 상대가 누군지 알아차렸기 때문이다.

'산 넘어 산이라더니……'

뇌룡검대를 이끄는 수장이자 우내이십일성인 여명이 나타난 것이다.

애초에 뇌룡검대는 둘로 나뉘어 절반은 이 산을 포위하고 있고, 나머지 절반 가까이는 여명과 함께 인근에서 대기 조로 자리하고 있었다.

그러던 중 매유검의 신호를 받자 기다렸다는 듯 이 싸움터에 나타난 것이다.

백아린은 상당한 내력 소모와 부상을 입어 가며 지금까지 싸웠다. 덕분에 적풍대도 절반 이상을 해치웠고, 추풍량까지 쓰러트릴 수 있었다.

그런데 지금 뇌룡검대와 여명이 나타난 이상…… 이 상황은 처음으로 돌아갔다고 봐도 무방했다.

달라진 것이라고는 백아린의 몸 상태가 엉망이 된 점뿐이었다.

잔마폭멸류를 성장시켜 매유검과의 힘 싸움에서 이겨 내고, 추풍량까지 빠르게 꺾으며 백아린은 희망을 봤다.

자신이 이길 수 있다는 희망.

그런데 그건 착각이었다.

그녀의 머리가 차갑게 식어 갔다.

딱딱하게 굳은 백아린의 표정을 보며 매유검은 그녀의 속내를 알았다는 듯 조롱했다.

"뭐야 그 침통한 표정은. 방금 전까지 자신만만했던 그 기세는 어디 가고 곧 죽을 것 같은 표정을 짓고 있어."

"……."

엄연한 조롱에도 백아린은 별다른 대꾸를 하지 않았다.

그토록 힘들게 싸웠는데 도로 처음으로 돌아간 이 상황에 절로 기운이 빠질 수밖에 없었다.

아니, 차라리 처음이 지금보다는 나았다.

이제 백아린의 몸은 최상의 상태가 아니었고, 이런 몸으로 쌩쌩한 저 많은 무인들과 우내이십일성인 여명까지 감당하는 건 솔직히 말해 무리였다.

백아린은 직감했다.

지금 자신의 힘으론 이들 모두를 쓰러트리지 못할 거라는 걸.

대검을 쥔 채로 백아린이 슬쩍 하늘을 올려다봤다.

아직도 동이 트지 않은 시각.

그녀가 작게 중얼거렸다.

"밤이 참 기네."

상황이 이렇게 되자 많은 이들의 얼굴이 순간적으로 스치고 지나갔다.

특히나 함께했던 동료들의 얼굴이 떠오를 때마다 백아린은 마음이 아팠다.

여자처럼 생긴 외모와는 다르게 화통하고, 언제나 난리법석인 단엽.

그리고 단엽이 생각나자 어릴 때부터 자신과 함께해 온 한천도 떠올랐다.

그는 언제나 웃었다.

하지만 알고 있다. 그 웃음 뒤에 얼마나 많은 슬픔이 감춰져 있는지. 그러던 한천이 단엽과 만나 어울리는 모습을 보며 백아린은 참으로 기뻤다.

한천은 언제나 많은 이들과 어울렸다.

하지만 그럴수록 그는 외로워 보였고, 그 안에 진짜 한천은 없었다.

그러던 한천을 끄집어내 준 것이 바로 단엽.

참으로 안 어울리는 두 사람인데…… 역설적으로 그리도 어울리는 이들 역시 없었다.

쓸데없이 주고받는 두 사람의 만담에 항상 뭐라고 했었는데 상황이 이리되니 그조차도 아쉬웠다. 다시는 그 둘의 말도 안 되는 대화를 들을 수 없게 될 줄이야…….

'난 이렇게 됐지만, 부총관은 꼭 살아남아 줬으면 좋겠어. 반드시 살아서 꼭 행복해야 해.'

어려운 일이라는 건 알지만 백아린은 한천이 살아남기를 간절히 바랐다.

그리고 이내 백아린의 머릿속에 천무진의 얼굴이 떠올랐다. 그의 얼굴이 떠오르자 이상할 정도로 감정이 울컥하고 치솟았다.

하고 싶은 말이 많았는데…… 가장 먼저 나오는 건 미안하다는 말이었다.

'미안해요. 더 도와주고 싶었는데 아무래도 여기가 제 마지막일 것 같아요.'

항상 천무진의 옆에서 싸워 왔다.

그의 옆이 자신의 자리라 생각했고, 그게 당연하다고 느껴지기도 했다. 그렇지만 마침내 그 끝이 다가온 모양이다.

자신이 죽게 된다면 천무진이 얼마나 슬퍼할까?

백아린은 그를 슬프게 한다는 그 사실이 못내 미안했다.

그녀는 간절히 바랐다.

'제가 죽었다고 너무 오래 슬퍼하지 않았으면 좋겠어요.

그게 제…… 마지막 바람이에요.'

천무진을 떠올리며 아주 잠시 눈을 감았던 백아린이 이내 대검을 고쳐 잡았다.

처음부터 어느 정도 죽음을 각오하고 싸우지 않았던가. 잠시 희망에 젖긴 했지만 어쩌면 이것이 자신에게 주어진 운명이었던 걸지도 모르겠다.

죽음을 각오한 백아린이 무표정한 얼굴로 말했다.

"덤벼. 몇 명이라도 좋으니까."

"뭐야. 혹시 아직까지도 희망을 가지고 있는 건 아니지? 사실 여기 대기하고 있는 부대는 이들을 제외하고도 몇 개는 더……."

일부러 전의를 꺾기 위해 매유검이 거짓말을 내뱉는 바로 그때였다.

"어지간히 상대가 무서운 모양이네. 그런 거짓말을 하는 걸 보면. 안 그래, 칠 호?"

어딘가에서 들려온 갑작스러운 목소리에 매유검은 움찔할 수밖에 없었다.

그가 놀란 건 자신의 거짓말이 밝혀져서가 아니었다. 자신을 향해 칠 호라고 부를 사람은 세상에 단 한 명밖에 없어서였다.

그리고 그건…….

백아린과 매유검의 시선이 향한 곳.

그곳에서 한 명의 사내가 걸어 나오고 있었다.

붉은 악귀가 새겨진 한 자루의 검을 든 채로 어둠 속에서 나타난 사내.

천무진이었다.

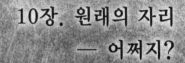

10장. 원래의 자리
— 어쩌지?

　어둠 속에서 모습을 드러낸 천무진을 발견한 백아린의 눈동자가 흔들렸다.

　그 순간 그녀는 마음이 울컥했다.

　다시는 보지 못할 거라 생각했던 사람. 그런 천무진을 보게 되니 너무도 감동스러웠다.

　천무진의 등장에 매유검은 잠시 당황했지만 이내 침착함을 되찾았다.

　사실 백아린 제거 작전은 천무진에게는 비밀로 한 채 진행된 일이다.

　천지광은 그에게 이 일이 알려지지 않기를 바랐기 때문

에 천무진을 제외한 나머지 십천야들만을 불러 모아 임무를 지시했고, 그에게 들통나지 않게 행동하라고 당부하기까지 했다.

그런 상황에서 당사자가 이곳에 나타난 건 분명 난처한 일이긴 했지만…….

'뭐 오히려 나한텐 더 잘된 일이려나.'

매유검은 오히려 지금 이 상황을 즐기기로 마음먹었다.

그건 매유검이 천무진의 상태를 알기 때문이다.

자모충에 조종당하는 천무진으로서는 천지광의 명령을 거스를 수 없다.

그 말이 의미하는 바가 무엇이겠는가?

제아무리 천무진이 백아린을 소중히 여긴다 한들, 결국 천지광이 그녀를 죽이라고 명령을 내린 이상 그걸 막을 수 없다는 뜻이었다.

눈앞에서 보여 줄 것이다.

그토록 소중히 여기는 백아린이라는 존재가 처참하게 죽어 가는 모습을.

그건 천무진에게 열등감을 지니고 있는 매유검으로서는 너무도 즐거운 일이었다.

매유검은 아무렇지 않은 척 입을 열었다.

"네가 왜 여기에 있지?"

"그건 내가 묻고 싶은 말인데."

천무진이 슬쩍 주변을 둘러보며 말했다.

널브러져 있는 수많은 시체들. 그리고 그 속에 피투성이가 되어 서 있는 백아린까지.

그녀의 다친 모습을 보고 있자니 천무진의 눈이 꿈틀거렸다.

그런 그의 반응에 매유검이 장난치듯 말했다.

"뭐야? 설마 화라도 난 거야?"

"당연한 거 아닌가."

말과 함께 천무진이 허리춤에 차고 있던 천인혼을 끄집어냈다.

스르릉.

검을 뽑은 그가 주변을 둘러보며 싸늘한 목소리로 말을 이었다.

"……감히 내 사람을 건드렸는데."

천무진의 살기에 주변을 포위하고 있던 적풍대와 뇌룡검대의 무인들이 놀란 듯 뒷걸음질 쳤다.

뭔가 상황을 설명하려는 듯 뇌룡검대 대주 여명이 나서려고 할 때였다.

빠르게 손을 들어 올려 움직임을 저지시킨 매유검이 웃는 얼굴로 말했다.

"워워, 진정하라고. 아니, 진정해야 할 수밖에 없을 거야. 이 일은…… 어르신의 명이거든."

어르신의 명이라는 부분에 힘을 주어 말하는 매유검의 목소리에는 확신이 있었다.

이 말이 나온 이상 천무진이 더는 이처럼 날뛰지 못할 거라 자신했다.

그런데…….

백아린이 있는 방향으로 성큼성큼 나아가던 천무진이 갑자기 손에 들린 천인혼을 휘둘렀다.

동시에 검에서 뿜어져 나온 검기가 앞에 자리하고 있던 뇌룡검대 무인들 일부를 휘감았다.

퍼퍼퍼펑!

예기치 못한 공격에 그곳에 있던 뇌룡검대 무인들이 피를 뿌리며 날아갔다.

하지만 천무진의 공격은 그게 끝이 아니었다.

그의 천인혼이 연신 움직였다.

쒜엑! 쒝!

인근에 있던 다른 이들 또한 그 공격을 받았지만, 그들로서는 대책이 없었다.

천무진은 같은 편이라 어찌할 수도 없었고, 쏟아지는 공격들은 피하기조차 어려울 정도로 빠르고 날카로웠다.

수십여 명의 무인들이 순식간에 속수무책으로 휩쓸린 상황에 매유검이 소리쳤다.

"이, 이게 무슨 짓이냐 천무진! 이건 어르신의 명인데 그걸……."

"그래서 뭐?"

대수롭지 않게 되묻는 천무진의 모습에 매유검은 일순 어안이 벙벙한 표정을 지어 보였다. 그렇지만 이내 빠르게 정신을 수습한 그가 목소리에 힘을 주어 말했다.

"너 지금 미친 거야? 네놈은 지금 어르신의 명을 수행하려는 자들을 죽인 거다! 그 말은 곧 어르신의 명을 거역한 거나 다름없어!"

재차 비슷한 말을 반복하는 매유검의 모습에 천무진이 피식 웃으며 답했다.

"그러니까 나한테 어쩌라는 거냐고. 천지광의 명령 따위를 내가 어겼는데 뭐?"

전혀 상관없다는 듯한 말투로 내뱉은 천무진의 말에 매유검은 알 수 있었다.

천무진이 뭔가 변했다는 사실을.

그가 당황스러운 듯 중얼거렸다.

"너 설마……."

의미심장한 목소리를 들으며 천무진이 고개를 끄덕였다.

"어쩌지? 이제 그런 명령 따위 나한테 씨알도 안 먹히는 데."

성큼성큼 걸어간 천무진이 백아린의 옆에 가서 섰다.

그녀에게 하고 싶은 말이 참으로 많았다.

다쳐 있는 백아린을 보니 화가 치밀었고, 그녀 혼자 얼마나 힘겹게 싸워 왔을지를 생각하면 마음이 아팠다.

하지만 아쉽게도 지금은 백아린과 대화를 나눌 수 있는 상황이 아니었다.

주변에 너무도 많은 적들이 자리하고 있었으니까.

그간 머저리처럼 천지광의 명령을 따르기만 해야 했던 자신을 위해 그녀는 홀로 많은 일을 해 줬다.

오로지 자신을 위해서.

수많은 말 대신 천무진은 손을 들어 올려 그녀의 머리를 부드럽게 쓰다듬었다.

머리를 어루만지는 천무진의 손길에 백아린은 놀란 듯 고개를 들어 그와 시선을 마주쳤다.

자신을 바라보는 그녀를 향해 천무진이 슬며시 미소를 지었다.

백아린이 자신을 지키기 위해 이렇게 싸워 온 것처럼 천무진 또한……

"미안. 많이 늦어서."

자신의 힘으로 그녀를 지킬 것이다.

＊　　＊　　＊

십천야의 거처 내부를 돌아다니던 남윤은 뭔가 이상하게 흐르는 분위기를 감지했다.

비밀 거점 자체가 워낙 은밀하게 감춰져 있는 곳이다 보니 새로운 인물이 모습을 드러내는 경우는 그리 많지 않았다.

뭔가 수상쩍다 여긴 남윤은 십천야의 거점 곳곳을 돌아다녔고, 몇몇 인원들이 얼마 전부터 이곳에 와서 지내고 있음을 알아낼 수 있었다.

그 대상은 놀랍게도 적풍대(赤風隊) 대주 추풍량, 뇌룡검대(雷龍劍隊) 대주 여명과 혈기군단(血旗軍團)의 수장인 야율인이었다.

이들 셋이 수하 일부를 대동한 채로 이곳 비밀 거점에 나타났다는 걸 알게 된 남윤은 뭔가 일이 벌어지고 있다는 걸 확신했다.

추풍량과 여명도 문제였지만, 혈기군단을 이끄는 야율인이 나타났다는 건 엄청난 의미였다.

거기다 최근 바삐 움직이고 있는 몇몇 십천야의 수상쩍은 거동까지.

남윤은 곧바로 십천야의 수장인 천지광의 거처로 찾아갔다.

휘장 안쪽에 자리한 천지광이 다급히 물었다.

"왜? 천무진에게 무슨 일이라도 생긴 게냐?"

천룡혼을 이어받아 과거로 삶을 되돌리는 것에만 관심이 있는 천지광이었기에 남윤의 방문에 흥분한 듯 질문을 던졌다.

그런 그를 향해 남윤이 담담하게 말했다.

"아닙니다. 여쭙고 싶은 게 있어서 왔습니다."

"……지금 말이냐?"

천무진과 관련된 이야기가 아니라는 걸 알자 천지광은 급속도로 관심이 사그라졌다.

말투에서 느껴지는 변화를 체감하면서도 남윤이 질문을 던졌다.

"십천야와 외부 세력들이 갑자기 안에서 부산스럽게 움직이던데 무슨 일이 있는 겁니까?"

"아, 그거 말인가. 마침 잘됐군. 혹시 몰라 자네에게 주의시켜야 할 것이 있어 언급해 놓으려 했는데 이리 찾아온 김에 이야기해 두면 되겠군."

남윤은 천무진을 옆에서 보필하는 자다.

하지만 엄밀히 따지면 그는 감시자였다.

천지광의 명령대로 천무진의 일거수일투족을 감시하고, 수상한 일을 벌이지 못하게 하는 그런 역할 말이다.

남윤을 향해 천지광이 말했다.

"그대도 곧 알게 되었겠지만, 현재 십천야와 외부 세력들이 움직이는 건 천무진의 동료들을 제거하기 위해서다."

"……적화신루 쪽 이들 말입니까?"

"그래. 그들이 영 방해가 돼서."

"그렇다면 주의시켜야 할 것이 있으시다는 건 무슨 말씀이신지……."

"뻔하지 않으냐."

휘장 안쪽에 자리하고 있는 천지광의 그림자가 움직였다. 자리에서 일어난 그가 천천히 옆으로 걸어가다 이내 말을 이었다.

"천무진의 귀에 이 일에 대한 이야기가 절대 들어가지 않도록 바깥을 돌아다니지 못하게 해. 이왕이면 연무장에서 모든 생활을 하여 외부와 단절되게 만들어 주면 더 좋고."

천무진이 이 일에 대해 알게 된다 해도 자신의 명령을 따를 수밖에 없음을 알지만 천지광은 최대한 빠르고 조용히 천룡혼과 관련된 일을 매듭짓고 싶었다.

천무진과 약조를 한 지 얼마 되지 않아 사부인 천운백을 죽였다.

그런데 곧바로 또 다른 동료들까지 제거한다는 사실을 알게 된다면 천무진이 동요할 수도 있다.

조금이라도 더 빠르게 과거로 돌아가고 싶은 천지광에게 그건 결코 바라는 바가 아니었다.

그랬기에 천지광은 이 일을 끝까지 천무진이 모르기를 원했다. 그리고 그 일을 도맡아서 해 줘야 하는 건 당연히도 항상 옆에 붙어 있는 남윤이었다.

남윤이 물었다.

"계획은 언제 실행되는 겁니까?"

"이미 움직였을 게야. 오늘 밤 안으로 끝을 내기로 했거든."

생각보다 급박하게 상황이 돌아가고 있음을 알게 된 남윤이었지만 그는 최대한 동요 없이 자리하고 있었다.

이중 첩자인 남윤이다.

그랬기에 그는 자신의 생각을 얼굴에 드러내서는 안 됐다.

아무런 동요도 없이 자리하고 있는 남윤을 향해 천지광이 물었다.

"할 수 있겠느냐?"

물어 오는 질문.

무표정한 얼굴의 남윤이 짧게 고개를 끄덕이며 답했다.

"예, 그리하도록 하겠습니다."

＊　　　＊　　　＊

천지광과의 대화가 끝난 그 즉시 남윤은 움직이고 있었다. 그가 향하는 곳은 바로 천무진이 있는 연무장이었다.

연무장에서 천무진은 절초인 천추나락을 완성시키기 위해 수련에 한창이었다.

그러던 도중 갑자기 연무장 문이 벌컥 소리를 내며 열렸고, 이윽고 그곳에서 남윤이 모습을 드러냈다.

곁눈질로 나타난 상대가 남윤이라는 걸 확인했지만 천무진은 아무런 반응조차 하지 않았다.

그를 배신자로 알고 있는 천무진이다.

그랬기에 이곳에서 만난 이후 남윤과는 일절 대화를 나눈 적도 없었다.

그렇게 서로 담을 쌓은 채로 시간을 보내 왔고, 남윤 또한 그런 천무진에게 대화를 시도하지 않았었다.

오랫동안 함께해 온 천무진에게 미움을 받는 일은 남윤에게도 힘든 것이었다. 하지만 천무진을 위해서, 그리고 천운백 때문에라도 남윤은 모든 증오를 받으면서도 진실을 말하지 않았다.

그렇게 배신자로 옆을 지키던 남윤이 다급히 천무진에게 다가가며 입을 열었다.

"작은 주인님!"

"……."

자신을 부르는 소리에 잠시 시선을 주긴 했지만 그뿐이었다. 천무진은 관심 없다는 듯 곧장 남윤에게서 시선을 떼고는 천천히 가부좌를 틀었다.

대화를 하기 싫다는 뜻을 몸으로 말하고 있는 듯했다.

평소였다면 굳이 대화를 이어 갈 이유도 없었지만, 지금은 달랐다.

너무도 잘 알고 있어서다.

천무진에게 백아린이 어떠한 사람인지를.

천무진이 백아린과 사천성에 위치한 천룡성의 비밀 거점에서 함께 지내 온 긴 시간을 남윤 또한 가까이서 함께했으니까.

그곳에서 남윤이 한 것은 식사를 차려 주고, 간단한 집안일을 하는 것이 전부였다.

그럼에도 불구하고 알 수 있었다.

백아린이 천무진에게 있어 어떠한 존재인지를.

그녀가 있었기에 천무진은 웃었고, 또 수많은 위기를 극복해 왔다. 그런 백아린이 이대로 죽게 된다면…… 천무진은 결코 스스로를 용서할 수 없을 것이다.

그랬기에 말해 줘야만 했다.

자신에게 시선조차 주지 않는 천무진을 향해 남윤이 갑자기 무릎을 꿇었다.

털썩.

생각지도 못한 남윤의 행동에 천무진이 처음으로 움찔했다.

그가 재차 소리쳤다.

"작은 주인님!"

"대체 이게……."

눈살을 찌푸리며 천무진이 결국 입을 연 그때였다.

남윤이 말했다.

"백 소저께서 위험하십니다."

"……뭐?"

가부좌를 틀고 앉아 있던 천무진이 놀란 듯 벌떡 일어났다. 하지만 이내 그는 고개를 저었다.

순간 남윤의 말에 놀라긴 했지만…… 곧 지금 자신들의 사이를 깨달았기 때문이다.

남윤은 배신자다.

사부를 버렸고, 십천야의 손을 잡은 배신자.

그런 그가 자신에게 백아린이 위험하다는 사실을 알려 줄 리가 없지 않은가.

그랬기에 천무진이 말했다.

"무슨 꿍꿍이야? 날 시험해 보기라도 하려는 건가?"

"이런 걸로 작은 주인님을 시험할 이유가 어디 있겠습니까. 오히려 천지광은 이 일이 작은 주인님께 들어가지 못하도록 제게 특별 관리를 명령했습니다. 작은 주인님이 동요하면 피해를 입는 건 천지광 아니겠습니까."

"……."

이어지는 남윤의 말에 천무진은 움찔했다.

사실 남윤의 말이 맞았다.

어차피 모든 명령을 따를 수밖에 없는 지금과 같은 상황에서 천지광이 이런 식으로 자신을 시험할 이유는 없었으니까.

게다가 하루빨리 천룡혼의 힘을 얻길 원하는 천지광으로선 이런 식으로 천무진을 혼란스럽게 할 이유는 더더욱 없었다.

이해가 안 가는 상황에 천무진의 머리가 복잡해진 그때였다.

남윤이 빠르게 설명했다.

"천지광은 십천야들과 외부에 있는 세력을 통해 백 소저와 한 소협을 제거하려고 하고 있습니다. 그 두 분이 감당할 수 없을 정도로 엄청난 병력이 움직일 겁니다. 이대로 있다가는 그 두 분 모두 죽으실 겁니다."

이어서 쏟아져 나오는 말에 천무진은 숨이 막혀 왔다.

백아린과 한천이 죽는다고?

과연 이 말이 진실일까?

천무진이 도저히 이해가 안 간다는 듯 물었다.

"나에게 이 모든 걸 이야기해 주는 저의가 뭐지?"

"……."

천무진의 질문에 무릎을 꿇고 있는 남윤은 아무런 대답도 하지 못했다.

어떻게 천무진에게 이 긴 이야기들을 모두 말해 줄 수 있을까. 그리고 과연 자신의 말을 믿어 줄까 하는 의문도 있었다.

사실 이렇게 자신이 비밀을 발설하고, 천무진이 이것에 대해 천지광에게 묻거나 결국 이겨 내지 못하고 이번 일을 말하게 된다면 남윤은 죽을 게다.

허나 이곳에 달려올 때 이미 각오했던 부분이었다.

천운백도 무사히 산 이상, 남윤에게 남은 일은 이곳에서 천무진을 보살피는 것뿐이었다.

그런 천무진에게 가장 소중한 존재 백아린.

그녀가 살아야 천무진도 살 수 있었다.

무릎을 꿇은 채 아무런 말도 못 하고 천무진을 올려다보던 남윤.

그런데…….

그 눈빛을 마주하고 있던 천무진이 갑자기 눈을 크게 치켜떴다. 익숙한 그 눈동자를 마주하고 있는 그때 뭔가가 번개처럼 떠오른 탓이다.

"처음부터 당신은…… 아니, 영감은…… 설마, 그런 거야?"

자신을 향해 영감이라 부르는 천무진의 말투.

그걸 듣는 순간 남윤이 빙긋 웃으며 말했다.

"그 말투가 너무 그리웠습니다."

웃으며 말을 내뱉는 남윤의 눈동자를 보며 천무진은 확신했다.

남윤은 배신자가 아니었다고.

어릴 때부터 이십 년 가까이 자신을 키워 준 남윤이다. 그랬기에 눈빛을 마주하는 것만으로 그가 하고 싶은 많은 말을 느낄 수 있었다.

천무진이 서둘러 허리를 굽혀 무릎을 꿇고 있는 남윤을 일으켜 세웠다.

왜 말을 안 한 거냐고 묻고 싶었다.

하지만 질문을 던지기에 앞서 천무진 스스로 답을 알아차릴 수 있었다.

자신 때문이다.

천지광의 명령대로 따를 수밖에 없는 자신의 이 한심한 꼴 때문에 말이다.

그런 자신을 위해 남윤은 계속해서 스스로를 희생해 왔다. 그런데 그것도 모르고 천무진은 남윤을 원망하고 미워했다.

그랬기에 실로 미안했다.

"영감, 미안해. 내가 모자라서 영감이……."

입술을 꽉 깨문 채로 감정을 삼키는 천무진을 향해 남윤은 괜찮다는 듯 고개를 저었다.

그러고는 이내 빠르게 입을 열었다.

"지금은 사과를 하실 때가 아닙니다. 서둘러 방법을 강구하셔야 합니다."

"알고 있어. 하지만……."

백아린과 한천.

어떻게든 지켜야만 했다.

그렇지만 천지광의 명령에 따를 수밖에 없는 지금의 천무진에게 과연 어떠한 방법이 있겠는가.

천무진에겐 그저 이대로 두 사람의 죽음을 지켜보는 것 외엔 할 수 있는 게 아무것도 없었다.

고개를 푹 수그린 천무진의 몸이 작게 떨렸다.

"……웃기지 마."

지켜보기만 해야 한다고?

말도 안 되는 개소리!

백아린이 없는 세상이라면 이제 천무진에겐 아무런 의미도 없었다.

지금 이 상황을 타개하기 위해 그가 찾아야 할 이는 한 명뿐이었다.

의선.

그렇지만 천무진은 의선이 있는 곳을 알지 못했다.

천무진이 다급히 물었다.

"영감, 일은 언제 벌어지는 거지?"

"저도 방금 들었는데 이미 움직인 듯합니다."

"망할! 시간이 없어. 의선은 대체 어디에……."

천무진이 초조한 듯 욕설을 내뱉을 때였다.

남윤이 입을 열었다.

"지금 당장 의선을 만나시면 되는 겁니까?"

생각지도 못한 그 말에 천무진이 움찔하며 남윤을 바라봤다.

천무진이 놀란 얼굴로 물었다.

"설마 의선이 있는 곳을…… 알고 있어?"

천무진의 질문에 남윤이 대답 대신 연무장의 입구로 다가가더니 이내 말했다.

"모시겠습니다."

＊   ＊   ＊

의선이 있는 곳은 천무진이 지내고 있던 십천야의 비밀 거점과도 그다지 멀지 않은 장소에 위치하고 있었다.

그럴 수밖에 없는 것이 애초에 백아린이 지내던 형동 인근으로 의선의 거점을 마련한 탓에, 거리상으로는 천무진이 있던 곳과도 가까울 수밖에 없었다.

의선의 거점은 당연히도 극비로 누구나 쉽사리 찾지 못할 곳에 감춰져 있었다.

하지만 남윤은 사전에 이곳에 대해 알고 있었다.

미리 백아린을 통해 전해 들은 덕분이다.

물론 백아린 또한 자신이 보내는 그 정보가 남윤에게 가는 줄은 알지 못했다. 그저 천운백을 통해 천무진을 돕는 누군가가 있을 것이니, 그쪽으로 모든 정보를 넘겨 놓으면 후에 도움이 될 거라는 조언이 있었던 것뿐이다.

그리고 백아린은 그 조언을 그대로 따랐을 뿐이고.

덕분에 천무진은 의선이 있는 비밀 장소를 어렵지 않게 찾아올 수 있었다.

남윤의 안내로 도착한 의선의 거처.

그곳에서 몸을 웅크린 채로 연구에 한창이던 의선은 갑작스러운 외부인의 방문에 깜짝 놀랐다. 그리고 그것이 다른 이가 아닌 천무진이라는 사실에 다시 한번 놀람을 금하기 어려웠다.

의선은 천무진을 이곳까지 안내한 남윤과도 구면이었다.

천운백을 따르는 그를 몇 번 본 적이 있었으니까.

가볍게 남윤과 눈인사를 주고받은 의선이 천무진을 향해 놀란 말투로 물었다.

"아니 대체 여길 어떻게……."

천무진의 사정을 아는 그다.

그랬기에 천무진 본인 또한 의선과의 만남을 억지로 피했고, 그 또한 그러한 사실에 대해 잘 인지하고 있었다. 그러던 도중 돌연 천무진이 이곳에 직접 찾아왔다.

여태까지는 없었던 일.

의아해하는 의선을 향해 천무진이 서둘러 답했다.

"자세한 설명을 드릴 시간이 없습니다. 백아린과 한천이 위험합니다."

"예? 그 둘이 말입니까?"

물어 오는 질문에 천무진이 고개를 끄덕였다.

그제야 의선은 왜 이리도 천무진이 다급히 자신을 찾아왔는지 이해할 수 있었다.

천무진과는 그리 자주 만나지 못했지만, 백아린과는 이제 제법 친해진 의선이다.

그랬기에 어느 정도 알고 있었다.

그녀가 천무진이라는 사내를 얼마나 위하고 있는지를. 그렇다면 그 반대 또한 크게 다르지 않을 거라 여겼다.

상황을 전해 들은 의선의 표정이 딱딱하게 굳었다.

아무런 말도 하지 않고 있는 그를 향해 천무진이 물었다.

"혹시 뭔가 치료 방법을 찾으신 것이 있습니까?"

"……어디까지 전해 들으셨습니까?"

"이곳에서 십천야에 합류한 이후 딱히 전해 들은 건 없는 상황입니다."

"그럼 여왕자모에 대해서도 듣지 못하셨습니까?"

"그게 뭡니까?"

물어 오는 천무진을 향해 의선은 백아린을 만나 전했던 적이 있는 새로운 사실에 대해 이야기해 주기 시작했다.

천무진의 몸 안에 있는 것은 일반 자모충이 아니라 여왕자모로 의심되고 있으며, 그건 보다 강한 효능과 끈질긴 생명력을 지녔다는 걸 말이다.

그리고 보통 자모충이었다면 검산파에서 훔쳐 온 보석을 가까이에 둔 채로 고통을 참아 내던 그때 사라졌을 거라는 것도.

새로운 사실을 전해 듣는 천무진은 그저 조용히 이야기를 듣고만 있었다.

그렇게 간단한 설명이 끝난 이후 천무진이 물었다.

"그럼 그 여왕자모를 몸 안에서 제거할 방법에 대해 뭔가 알아내신 거라도 있으십니까?"

"……아쉽게도 아직은 없습니다."

의선의 말에 천무진의 표정이 급속도로 굳어졌다.

물론 이곳에 온다 해서 확실한 해결 방법을 찾을 거라 생각한 건 아니었다. 만약 그런 방법을 알아냈다면 이미 자신에게 연락이 왔을 테니까.

하지만 뭐라도 가능성을 걸어 볼 건 의선뿐이었고, 그랬기에 남윤을 통해 이곳까지 달려온 것 아니겠는가.

그런데 막상 이곳에 왔는데도 불구하고 얻은 건 아무런 것도 없었다.

그저 몸 안에 있는 것이 여왕자모라는 사실 말고는.

천무진이 손으로 얼굴을 감쌌다.

"젠장!"

거칠게 욕설을 내뱉으며 천무진은 고통스럽다는 듯 얼굴을 감싸 쥔 손에 힘을 주었다.

천무진은 입술을 꽉 깨물었다.

백아린이 죽는다는 걸 상상하는 것만으로도 분노가 치밀었다.

그리고 만약 그렇게 된다면 자신은 어떻게 해야 할까?

당연히 마음 같아선 복수를 해야 한다 생각했다.

그렇지만 현실적으로 그건 불가능했다. 자신은 백아린을 죽였다는 사실을 알면서도 천지광이 시키는 대로 따를 수밖에 없을 것이고, 결국 그에게 곧 완성될 천룡혼을 가져다 바칠 수밖에 없는 운명이었다.

그걸 알기에……

천무진의 시선이 슬그머니 자신의 허리춤에 걸려 있는 천인혼으로 향했다.

이대로 스스로 목숨을 끊는다면 아무것도 할 수 없다. 그렇게 복수를 하지 못하는 건 억울하기 그지없었다.

그렇지만 살아서 천지광에게 이용당하고 그에게 천룡혼을 넘겨줄 바에는…… 차라리 죽음을 택하리라.

목숨을 끊을 결심까지 하는 바로 그 순간.

"다만 하나 생각하는 바가 있긴 한데……"

의선의 그 말에 천무진이 물었다.

"생각하는 바라뇨? 그게 뭡니까?"

"그것이……."

말을 꺼내긴 했지만 의선은 쉽사리 다음 이야기를 잇지 못했다. 그만큼 불확실했고, 선뜻 말을 하기 어려울 정도로 위험한 일이었기 때문이다.

그렇지만 지금 천무진은 지푸라기라도 잡고 싶은 심정이었다.

그가 다급히 소리쳤다.

"어르신! 시간이 없습니다."

천무진은 급했고, 분명 의선 또한 알고 있었다.

하지만 그럼에도 불구하고 의선은 자신이 없었다.

의원으로 살아온 오랜 삶, 사람의 목숨을 가지고 실험하는 것은 원치 않았다.

의선이 말했다.

"천 공자님에게 무척이나 위험한 일이 될 겁니다. 제 가정이 틀린다면 분명 죽게 되실 거고요. 이런 도박에 가까운 일에 사람을 가지고 실험을 하는 건 너무 위험한 일입니다."

고개를 저으며 중얼거리는 의선.

그런데 그때 천무진이 그를 향해 다가갔다.

그러고는 이내 손을 뻗은 천무진이 의선의 양어깨를 붙

잡았다. 갑작스러운 그의 행동에 고개를 숙였던 의선이 놀란 듯 천무진과 시선을 맞췄다.

양어깨를 움켜쥔 채로 천무진이 말했다.

"목숨을 걸어서라도…… 지키고 싶은 사람입니다. 그녀가 없다면 어차피 저도 없으니까요. 그러니 부탁합니다, 의선 어르신."

말을 내뱉는 천무진의 눈동자를 마주한 의선은 조용히 입술을 깨물었다.

자신과 마주친 눈빛에서 느껴지는 그 절절한 마음이 와닿아서였다.

사람을 가지고 실험하는 걸 무척이나 싫어하는 의선이었지만…… 도저히 저 간절한 눈동자를 외면할 수가 없었다.

의선이 힘겹게 입을 열었다.

"……말씀드렸지만 실패하면 죽을 겁니다."

"압니다."

"가능성은 일 할의 반도 안 됩니다. 여왕자모를 얼마 구하지 못해 몇 차례 실험해 보지도 못했고, 그조차도 약간의 가능성만 보았을 뿐 모두 실패했으니까요. 그래도…… 하시겠습니까?"

단 한 번도 성공하지 못했던 실험이다.

어쩌면 애초부터 성공할 수 없는 실험일지도 모른다. 그럼에도 불구하고 지금으로선 이것 말고는 딱히 다른 수가 떠오르지 않았다.

목숨을 걸어야 하는 실험.

그걸 해 보겠냐는 물음에 천무진은 일말의 망설임도 없이 고개를 끄덕였다.

천무진의 그런 모습을 보며 의선은 작게 한숨을 내쉬었다. 그러고는 이내 그가 중얼거렸다.

"무모한 건 천룡성이라는 문파 내력인가 봅니다."

천운백에 이어 천무진까지.

다른 누군가를 위해 자신의 목숨을 거는 것에 그 둘 모두 일말의 망설임조차 없었다.

그 무모함에 의선은 결국 두 손을 들곤 했다.

바로 지금처럼.

의선이 말을 이었다.

"말씀드린 것처럼 여왕자모는 보통 자모충보다 훨씬 끈질긴 생명력을 지니고 있습니다. 그리고 일전에 실험해 보셨지만 가까이 보석을 두고 몸 안에 있는 자모충이 죽기를 기다리며 버티는 건 한계가 있지요. 그러니 새로운 방법이 필요합니다."

당시 몸 안에 있는 여왕자모가 죽기도 전에 천무진의 숨이 먼저 끊어질 뻔했었다.

다시금 그런 도전을 해서 더욱 버텨 볼 수도 있었지만 사실 일전에 실패한 방법이고, 어떠한 변화 없이는 성공할 가능성 역시 없다고 봐도 무방했다.

그랬기에 의선이 생각한 또 하나의 방법.

그건 바로 검산파에서 훔쳐 온 보석의 효과를 극대화시키는 것이었다.

보다 빠르게, 또 더욱 강하게.

그리고 그러기 위해서는…….

"천 공자께서 그 보석을 직접 드시는 겁니다."

직접 먹어야 한다는 말에 천무진은 움찔했다.

왜 의선이 그토록 위험하다며 이번 일을 막으려 했는지 알 것 같았다.

여태까지의 실험은 보석을 가까이에 둔 채 고통을 견디는 것이었다. 그랬기에 고통이 극에 달하거나 문제가 생기면 보석을 멀리 떨어트려서 목숨을 부지하는 게 가능했다.

그렇지만 먹는다면 이야기는 달라진다.

아무리 고통스러워도…… 절대 헤어 나올 수 없게 된다. 그 말은 곧 이 방법이 실패로 돌아간다면 천무진은 이곳에서 바로 죽게 된다는 의미였다.

그 보석을 옆에 뒀을 때 밀려오는 고통이 얼마나 큰지 누구보다 잘 알고 있는 천무진이었다.

보석을 가까이 두는 것만으로 받아야 했던 고통이 얼마나 지독했던가.

모든 장기가 끊어지고, 근육들이 찢겨 나가는 고통.

수많은 고통을 경험해 봤던 천무진조차 다시는 느껴 보고 싶지 않을 정도로 끔찍한 일이었다. 그런데 그걸 먹는다면 어떻게 될까?

고통 또한 더할 것이고, 결국 이 방법이 틀렸다면 죽는 그 순간까지 지옥불 속에 있는 듯한 괴로움에 몸부림치다 숨을 거둘 게 분명했다.

그 모든 것이 너무도 끔찍했지만…….

"준비해 주시죠."

천무진은 아무렇지 않게 답했다.

전혀 흔들림 없는 천무진의 모습에 의선 또한 더는 별다른 말 없이 움직이기 시작했다.

그는 멀리 위치한 상자에 두었던 검산파의 붉은 보석을 꺼내 들었다. 주먹만 한 크기의 커다란 보석.

이건 직접 먹기엔 너무 컸다.

천무진이 물었다.

"그냥 먹기엔 크기가 너무 큰 거 아닙니까?"

그의 질문에 의선이 곧장 답했다.

"당연히 그냥 먹을 순 없지요. 크기도 문제지만, 그보다 몸 안에서 보다 빠르게 흡수가 될 수 있도록 일부를 부숴서 가루로 만들 생각입니다."

검산파에서 가져온 이 붉은 보석의 사분의 일가량을 떼어 내서 그걸 잘게 가루로 만들 생각이었다.

그리고 천무진은 그걸 먹으면 됐다.

가까이에 있으면 천무진에게 영향을 줄 수 있었기에 최대한 멀찍이 떨어진 채로 의선이 말했다.

"그럼 전 곧장 준비하겠습니다. 금방 끝날 겁니다."

겉보기엔 제법 단단해 보였지만 그리 강도가 높은 편은 아니라 부수는 것이 어렵지는 않았다.

그렇게 방 한쪽에서 의선이 작업을 시작한 사이.

천무진은 널찍한 공간에 가서 섰다.

그가 작게 호흡을 가다듬었다.

"후우."

몸 안에 있는 이 지독한 자모충을 없애고 두 사람을 구해 내기 위해 위험한 실험을 선택한 천무진이다.

선택에 있어 후회나 망설임은 없었지만, 곧 찾아올 지독한 고통을 알기에 다소 긴장이 되는 건 어쩔 수 없었다.

천무진은 느껴지는 인기척에 슬쩍 옆으로 시선을 돌렸다.

그곳에는 어렸을 때부터 언제나 옆에 있어 주었던 남윤이 조용히 자리하고 있었다.

남윤은 천무진의 모든 선택에 아무런 말도 하지 않고 그저 묵묵히 옆을 지키는 중이었다.

천무진이 슬그머니 입을 열었다.

"영감."

"예, 작은 주인님."

"혹시라도 말이야 내가 잘못된다면 영감이 뒷일을 좀……."

"작은 주인님이 죽으실 일 따위 없습니다."

천무진의 말을 딱 자르며 남윤이 답했다.

그런 그의 모습에 천무진이 남윤을 바라볼 때였다.

남윤이 말을 이었다.

"저의 큰 주인님이나, 작은 주인님 모두 대단한 분이기 때문입니다. 작은 주인님은 잘 이겨 내실 겁니다. 뭐든 하실 수 있는 분이니까요."

말을 끝낸 남윤이 빙긋 웃었다.

남윤은 전혀 걱정 없다는 듯 말했다.

하지만 그것이 정말 걱정이 되지 않아서일 리가 없지 않은가. 그저 자신에게 더욱 큰 희망을 주고자 하는 남윤의 마음이 느껴졌다.

천무진이 천천히 손을 뻗어 남윤의 어깨를 움켜잡더니, 이내 그를 끌어안았다.

천무진을 키워 준 두 명의 사람.

천운백, 그리고 남윤.

어린 시절의 기억엔 언제나 이 둘이 있었다.

긴 시간 아무런 대가도 없이 자신을 지켜 온 그 두 사람. 그런데 그토록 오랜 시간 동안 천무진은 단 한 번도 이 말을 하지 못했다.

"고마워…… 그리고 미안해."

생각지도 못한 천무진의 발언에 놀란 듯 품에 안겨 있던 남윤이 움찔하더니 이내 웃는 얼굴로 그의 등을 가볍게 토닥였다.

그리고 때마침 의선이 다가왔다.

"천 공자님, 준비 끝났습니다."

그 말에 천무진은 남윤을 끌어안았던 팔을 풀었다.

그렇게 가까운 거리에서 서로의 얼굴을 바라보던 중 천무진이 짧게 말했다.

"다녀올게, 영감."

천무진의 말에 담긴 의미를 알아서일까?

남윤 또한 웃으며 답했다.

"기다리고 있겠습니다, 작은 주인님."

그 말을 끝으로 천무진은 의선에게 다가갔다. 의선의 손에는 하얀 종이 한 장이 들려져 있었는데, 그 위에는 붉은색의 가루가 수북이 쌓여 있었다.

천무진은 거침없이 의선의 앞에 도착해 그의 손에 들린 종이를 건네받았다.

망설일 여유 따위는 없었다. 지금 이 순간에도 백아린과 한천은 조금씩 위험해지고 있을 테니까.

거기다가 이 보석 가루와 가까이 있는 것만으로도 점점 몸 상태가 좋지 않아질 걸 알았다.

그랬기에 천무진은 종이를 건네받기 무섭게 그걸 입가에 가져다 댄 채로 기울였다.

그러자 종이 위에 쌓여 있던 보석을 부순 가루들이 천무진의 입 안으로 쏟아져 내렸다.

가루가 입에 들어오고, 이내 그것을 꿀꺽 삼키기 무섭게……

두두두둑!

천무진의 몸이 기괴하게 비틀리며 그의 목이 뒤로 꺾였다.

번쩍!

천장을 올려다보는 천무진의 두 눈동자가 붉게 물들었다.

당장이라도 피가 쏟아져 나올 것처럼 붉게 변한 눈동자.
그 상태로 천무진이 기괴한 비명을 토해 냈다.

"꺼윽! 커어억!"

끔찍한 고통이 천무진을 집어삼켰다.

〈다음 권에 계속〉

DREAMBOOKS★

DREAMBOOKS★

DREAMBOOKS★

DREAMBOOKS ★